저 언덕

wh novel

출판사 wh 소설

초판 1쇄 발행 2024. 3. 10

지으니 wh

E-mail hmyhmy@gmail.com

져엜드

WH 지음

내가 가진 그 모든 사랑은 전부 네가 준 거야.....

차례

1 셔월드

2 혼란

3 잘해주지 마

4 이상한 감정 끝에는 항상 네가 서 있어

5 혼란과 고통...그리고 그 보이지 않는 끝

6 인간을 닮아가는 악마....

7 라유엘의 욕심, 파리프나의 위기 그리고....옛날이야기

8 악마 대 인간

9 진정한 힘

10 세상에 밝혀진 악마의 정체

11 악마의 눈물

12 셔월드와 파리프나

에필로그 황혼의 빛을 받아 세상에서 가장 아름답게 빛나며....

외전 케잌

지구가 생겨난 후로 많은 시간이 흘렀다.

우주 공간 어느 한 곳에 존재하는 악마들은 이 지구를 파멸시키고자

지구에 악의 재앙을 뿌렸다. 지구는 이제 곧 멸망할 것이다.

지구에 떨어진 단 하나의 악마로 인해....

1

셔월드

2019. 6. 18. 오전 2:33.

맑은 하늘이 어둠으로 덮였다. 어두운 하늘 위 대기권이 금빛으로 쪼개지며 우주 공간에서 지구로 무엇인가 강림하였다. 자연, 삶, 가족, 행복. 이 순간부터 그 모든 것이 전부 파괴될 것이다. 악마는 눈에서 파란빛을 뿜어대며 주위를 보았다. 그리고...말했다.

"죽음."

- 평화로운 미국 캘리포니아 -

오렌지 카운티의 작은 마을에 살고 있는 소녀 파리프나는 아버지의 싸구려 트럭을 몰고 시내로 외출을 나왔다.
'부릉 ~ 부릉 ~'
파리프나라는 이 소녀는 이제 17 세 고등학교 1 학년이었으며 가족으로는 아버지, 어머니, 집에서 함께 사는 말 호시로 그리고 네덜란드에서 지내는 할머니가 있었다. 파리프나는 심성이 착하고 사람 자체가 순수했으며 초록색 눈을 가진 예쁜 소녀였다. 그녀는 16 세 생일에 차가 한 대 갖고 싶어 아버지께 자신의 전용 차를 하나 사달라고 했으나 당시 돈이 부족했던 아버지 락소스는 딸에게 차를 사주지 못하였다. 그래서 파리프나는 아버지가 사용하지 않을 때 아버지 차를 타고 대도시로 종종 놀러 나오고는 했다.
"Love~you~Love~you~ Oh Yeah!"
파리프나는 건전지 떨어져 가는 골동품 라디오에서 나오는 70 년대 남자 가수가 부르는 노래를 들으며 시장 근처로 차를 몰고 갔다.
"흐흐흐흥 ~ 삐삐비삐 ~"
파리프나는 음악을 콧노래로 따라 불렀다.
"으음 ..?"
파리프나는 시장에 잠깐 내려서 대파와 고추, 피망, 고구마, 카레, 성냥, 채칼, 건전지, 약품 밴드 등을 샀다. 그리고 다시 차에 올라타 길을 떠났다.

그렇게 쭉 길을 따라가니 커다란 상점들이 줄기차게 들어서 있는 건물들이 보였다.

"와우~"

파리프나는 다시 내려서 'Beauty' 라고 쓰여있는 커다란 가게 안으로 들어갔다. 그리고 그녀는 사고 싶었던 물건들을 고르기 시작했다.

"봄 시리즈 물병과 세트 빨대, 백설공주 거울~ 예쁜이 여왕 수첩~ 키티 볼펜~ 알록달록 꽃 포장지~ 선물용 포장 끈~ 귀염둥이 파우치~ 다 사야지~!"

파리프나는 이것저것 물건들을 골라 담았다. 그리고 카운터로 갔다.

"얼마인가요?"

"38 달러 20 센트란다."

"여기요."

"고맙구나. 잘 가거라~"

"랄라라~"

파리프나는 다시 트럭을 몰고 시내를 돌아다녔다. 그녀는 평소 시골 마을에서 아버지가 하는 일을 도우며 학교만 왔다 갔다 하면서 지내기 때문에 이렇게 매일 같이 도시로 놀러 나올 수는 없었다. 그래서 파리프나는 이렇게 가끔 나와서 놀러 다니는 것을 정말 좋아했다. 그렇게 한참을 돌아다니고 구경이 끝난 파리프나는 집으로 돌아왔다.

"아빠! 엄마! 나 왔어~!"

"오~? 왔니? 먹을 거는?"

"여기!"

"어디 빠뜨린 것은 없나.... 굿 잡~! 전부 사왔구나~ 잘했다."

"히힛."

파리프나는 장에서 사 온 음식들을 아버지 락소스한테 건네준 뒤 밀짚모자를 쓰고 밖으로 나왔다.

"바닥에 떨어진 건초더미나 치워 볼까 ~?"

파리프나는 집 벽에 기대어져 있는 갈퀴 연장을 들고 노래를 부르며 바닥에 있는 건초와 돌멩이들을 치워댔다. 그렇게 치우고 있는데 저 멀리 산 위에서 빛이 번쩍이는 것이 보였다.

"어?? 뭐지?"

파리프나는 하던 일을 잠시 중단하고 빛이 번쩍이던 곳을 보았다. 하지만 빛은 더 이상 보이지 않았다.

"뭐야 ~ 아닌가?"

파리프나는 건초 치우는 게 끝나자 마구간으로 가서 말 호시로에게 신선한 풀을 가져다주었다.

"많이 먹어 ~! 배고팠지?"

호시로는 암말이었으며 나이는 다섯 살이었다. 파리프나가 열두 살 때 아버지가 장에서 사 온 말이었는데 파리프나는 어려서부터 이 아이와 함께 자랐기에 이 녀석을 매우 좋아했다. 본명은 호시로지만 애칭은 호시라고 한다.

"너는 좋겠다 ~ 맨날 맨날 이렇게 주는 거 먹으며 하루 종일 빈둥빈둥 놀 수 있잖아 ~"

"참참참참..."

"더 먹을래 ~?"

파리프나는 호시에게 건초를 더 가져다주며 당근과 오이도 가져다 주었다.

"우리 예쁜이 ~~ 많이 먹어 ~ 나도 이제 밥 먹으러 가야겠다."

파리프나는 호시의 머리를 쓰다듬고 마구간을 나갔다.
"그래서~ 이 애비가 그럴 거면 나가서 진흙 밟고 자빠지라고 말했더니 모두 깔깔깔~! 웃더라고~"
"하하하하~!"
파리프나네 식구들은 저녁을 먹으며 깔깔깔 떠들어댔다. 저녁 식사가 끝이 나자 파리프나는 자기 방이 있는 2층으로 올라가서 공책 한 권을 꺼냈다. 그리고 오늘 있었던 하루 이야기를 적어 내려갔다.

'오늘은 시장에 나가서 먹을 것과 사고 싶었던 물건들을 샀다. 집에 돌아오는데 싸구려 트럭의 오디오가 말을 듣지 않아 고생했다. 집에 와서 호시에게 먹이를 주었다. 우리 호시는 참 에쁘다. 오늘도 아빠는 밥 먹으면서 시시껄렁한 이야기를 풀어댔다. 엄청 웃었다. 그리고 아까 전에는 하늘에서 번쩍이는 유성을 보았다. 해도 떨어지지 않았는데 무슨 놈의 유성인지 모르겠다~ 끝!'

일기를 다 쓴 파리프나는 책상에 엎드렸다. 그리고 피곤했는지 엎드린 채로 잠이 들었다.

- 다음날 -

"랄라라~"

파리프나는 아침을 먹으러 1층으로 내려왔다. 그런데 아빠하고 엄마가 TV에 정신을 쏟고 있는 것이 보였다.

"무슨 일이야?"

파리프나가 아빠 엄마에게 다가가 물었다. 그때 TV에서 뉴스 보도가 들려왔다.

"어젯밤 9시경 오스트레일리아, 러시아, 그린란드, 브라질, 북한, 이 다섯 군데 나라가 알 수 없는 폭발물로 인해 대륙이 망가지고 엄청난 희생자가 발생했다고 각 나라에서 보도했습니다. 러시아와 북한의 피해가 가장 심각합니다! 러시아에서는 어젯밤 1억 명에 달하는 인구가 사망했으며 북한은 소수의 국민만 남아있고 국가 자체가 사라져 버렸다고 전했습니다! 그리고 브라질과 그린란드에서는 각각 8천만 명, 4백만 명의 사망자가 나왔다고 밝혔습니다. 또한 오스트레일리아 사망자 수는 1천 3백만 명에 달하며 그 밖에 세계 곳곳에서 피해 사상자가 나왔다고 오늘 시각 새벽 2시에 각국에서 전했습니다!"

"세상에..."

파리프나는 너무 놀라 TV 화면에서 눈을 뗄 수가 없었다.

"3차 세계 대전이 일어나는 거야....?"

"기다려 봐, 아직 확실히 어떠한 이유로 저런 상황이 일어난 건지 보도된 바가 없잖아."

아버지 락소스는 놀란 어머니 서비스텐을 진정시키듯 말했다. 파리프나는 마음이 진정 안 되었지만 그래도 아침에 해야 할 일은 해야 했다. 그래서 옷을 갈아입고 호시로에게 여물을 주고 다시 집으로 들어왔다. 부모님은 어서 어디로라도 피난가 숨어야 하지 않냐는 말을 하고 있었고 파리프나는 그런 부모님 곁으로 가서 위로를 하며 진정시켰다.

"엄마, 아빠 괜찮을 거야, 아직 너무 서둘러 급하게 결정할 거 없어."

하지만 이렇게 말하는 파리프나도 속으로는 두려웠다. 파리프나는 방으로 가서 서랍을 뒤졌다. 그리고는 통장 하나를 꺼냈다.

"엄마, 아빠. 나 잠깐 나갔다 올게!"

그리고는 아버지의 트럭을 몰고 시내에 있는 은행으로 갔다. 파리프나는 은행에 도착하자 트럭에서 내려 은행 직원에게 다가가 말했다.

"여기 통장에 있는 현금 전부 인출 부탁드려요."

"네, 고객님."

은행 직원이 돈을 계산하는 동안 파리프나는 은행 TV에서 나오는 뉴스를 보았다. 은행 TV에서도 아침에 봤던 뉴스가 나오고 있었다.

"...끄..응.."

"현금 2천 5백 달러 나왔습니다."

"감사해요."

파리프나는 가방에 돈을 쑤셔 넣은 뒤 돈 꾸러미를 들고 집으로 돌아왔다.

"아빠! 엄마! 나 왔어. 오늘 통장에서 현금 인출했거든, 전쟁이 일어난다 해도 이 돈으로 식량을 사서 지하 같은 곳으로 가 몇 달간 버티면 어떻게든 될 거야. 그리고 정 뭐하면 이 돈으로 돛단배 하나 마련해서 어디로든 안전한 곳으로 도망가면 되잖아, 안 그래 ? 그러니까 너무 걱정하지 마 ~"
조금이라도 가족들 모두가 안심이 되었다.

한편 이 시각.

- 중국 산둥성 -

"으아아아악 ...!! 사람 살려 !!"
'쿠와아아앙 !!!!!'
대륙을 갈라버리는 엄청난 힘이 마을 전체를 집어삼키고 있었다.
"으아악 ..!!"
사람들은 부랴부랴 살기 위해 도망갔지만 소용없었다. 너무나도 강한 힘 앞에 모두가 약자였으니까.
'피유웅 ....!!!'
무언가 엄청나게 빠른 것이 주위 건물들을 온몸으로 뚫어버리며 상상할 수 없는 속도로 도시를 휘젓고 다녔다. 그러더니, 그 무엇인가가 하늘 위로 우뚝 솟아올랐다. 그것의 정체는 바로 지구에 떨어진 '악마' 였다. 사람들은 비명도 지르지 못한 채 모두 기겁했고 그런 인간들을 보며 악마는 웃었다. 그리고 ... 디시 살육전은 시자되었다.

- 그날 밤 -

"뉴스 속보입니다! 오늘 낮 3시경 중국 산둥성 지역과 뉴질랜드, 워싱턴주에 또다시 알 수 없는 무엇인가가 폭파하여 피해 사상자가 셀 수 없이 속출하였습니다. 산둥성 일대 지역은 쑥대밭이 되었으며 피해 사상자만 약 9천만 명에 달한다고 전했습니다! 그 뒤 알 수 없는 물체는 네덜란드에서도 폭파를 일으켜 20만 명의 사상자를 냈으며 미국 곳곳에서 사망한 인구수만 1억 4천만 명에 달한다고 전했습니다! 현재 세계 정부에서는 이 사태의 원인을 파악하고 즉각 조치를 취하겠다고 밝혔습니다!"

"세상에 … 이제는 미국까지 … 이걸 어쩌면 좋아 .."

서비스텐은 놀라서 입을 막았다.

"이대로는 안되겠어, 어디로라도 도망가야겠다."

락소스가 가족들을 향해 말했다.

"여보! 그런데 저 '알 수 없는 게' 위치를 정해놓지 않고 아무 곳에서나 폭발을 하는데 우리가 잘못 도망갔다가 마침 그곳으로 저 폭발물이 떨어지기라도 하면 어떡해요."

"하아아 … 정말 이걸 어찌한다 …"

락소스는 이마를 잡으며 탄식했다.

"아 .. 아아 …"

파리프나는 부모님을 바라보며 마음이 아팠다. 솔직히 파리프나 또한 이런 상황에서 어떻게 자신과 가족들을 안전하게 보호해야 할지 몰랐기 때문이다.

락소스는 놀란 아내 서비스텐을 달래며 방으로 데려가 재웠다. 그리고 거실로 나왔다. 거실에서 있던 파리프나가 아빠를 향해 다가와 손을 잡고 흔들며 말했다.

"….. 아빠~ 너무 걱정 마, 내일쯤 한 번 더 뉴스 기사 뜰 텐데 오늘 짐 싸 놓고 내일 상황 보고 떠날지 결정해도 되잖아~ 안 그래? 그러니까 아빠도 얼른 들어가서 자~"

"그래… 너도 일찍 자렴."

"응, 그럴게!"

락소스는 방으로 들어갔고 파리프나는 거실 소파에 앉아서 가족과 함께 어디로 도망을 가야 하나 하는 생각에 잠겼다.

'째각, 째각'

고요한 거실에는 벽면 시계의 초침 소리 외에는 아무 소리도 들리지 않았다.

'째각, 째각'

"…………"

'벌떡'

잠시 시간이 지나자 파리프나는 소파에서 일어났다.

"아, 너무 답답해."

파리프나는 답답함에 문을 열고 밖으로 나갔다. 하늘은 어두컴컴했다.

"아….."

파리프나는 깜깜한 하늘을 보며 말했다.

"저기는 얼마나 평화롭나… 이렇게 목숨 위협도 없이 ….. 나도 그냥 저 우주로 갔으면 좋겠다."

그리고는 마구간으로 가서 호시로에게 먹이를 주며 머리를 쓰다듬었다.

"위험한 일이 생길 것 같으면 엄마, 아빠 그리고 호시 너 데리고 당장 도망갈 거야 …… 내가 살아온 이곳도 이제 떠날 때가 온 건가 …"

 파리프나는 호시를 쓰다듬은 뒤 안았다. 그리고 마구간 밖으로 나왔다. 그런데 저기 조금 떨어진 곳에서 바스락거리는 소리가 들려오는 것이었다.

"??? 뭐지 …?"

파리프나는 집에서 조금 떨어진 숲에서 나는 소리를 듣고 근처에 무엇이 있는 건가 싶어 소리가 나는 곳으로 한 발자국씩 천천히 걸어갔다. 파리프나는 숲 입구로 들어서는 곳까지 걸어갔다. 그리고 주위를 보았다.

'바스락'

그때 파리프나의 앞에서 소리가 들렸다.

"…. 어 ?"

파리프나는 소리가 들리는 앞을 바라보았다.

.
.
.
.
.
.
.
.

그곳에는 사람인지 무엇인지 정체를 알 수 없는 어느 무엇인가가 반쯤 뒤돌아서 그녀를 바라보고 있었다.

악마가 지구로 떨어졌다. 그 악마는 눈부시게 아름다웠으며 더러웠다. 악마가 닿은 주위의 모든 것들이 썩어나갔다... 악마는 강했다.

지구 전 인류를 모두 말살할 수 있을 만큼 강했다... 인간의 무기로는 악마를 제거할 수 없다. 천사가 돕지 않는 인간은 무기력한 존재였다. 천사... 천사.... 악마가 천사를 만나면 어떻게 되는 것일까....?

.
.
.
.
.
.
.
.
.
.
.
.
.
.
.
.
.
.

파리프나가 천천히 뒤를 돌아보았다.

2

혼란

파리프나는 자신 앞에 서 있는 사람인지 무엇인지 알 수 없는 정체를 멈춰선 채 바라보았다.

"??....."

"........"

너무 어두웠다. 그래서 알 수 없는 그 무언가의 얼굴이 제대로 보이지는 않았다.

"넌 누구야 ??"

파리프나는 잘 보이지 않는 그 무엇에게 슬쩍 던지듯 물었다.

"........."

하지만 돌아오는 말은 없었다. 그때 그것과 파리프나의 눈이 마주쳤다. 그리고 파리프나와 마주친 그 물체의 링 같은 두 눈에서 붉은 와인색의 빛이 나오고 있는 것이었다. 그 빛을 보자 파리프나는 움찔하며 몸의 중심을 살짝 뒤로 뺐다. 알 수 없는 존재는 몸을 반만 돌려선 상태로 살기의 빛을 뿜는 두 눈으로 파리프나의 눈을 바라보았다. 음산한 기운은 숲 전체를 휘감았다.

'푸드덕 ~!'

숲에 있던 새들은 그 기운에 압도당해 전부 날아가 버렸다. 파리프나는 새들이 날아가는 소리에 깜짝 놀랐다.

"죽여라.. 죽여라... 죽여라...."

 악마의 머릿속에는 끊임없이 목소리가 메아리쳤다. 그리고 그 소리는 마치 밖으로 흘러나오는 것처럼 점점 크게 들려오는 것 같았다. 알 수 없는 존재는 파리프나를 향해 눈에서 빛을 쏘며 그녀를 향해 몸을 천천히 돌렸다. 그리고 죽이려 했다.

"괜찮아요?"

그런데 그 순간, 파리프나가 악마의 얼굴에 손을 가져다 올렸다.

'우뚝'

악마는 멈췄다. 방금 전보다 눈이 더 커진 상태로.

"이...... 이거 얼굴에 피나고 있어."

파리프나가 악마의 얼굴에 묻어있는 피를 엄지손가락으로 닦으며 말했다.

"........."

 악마는 아무 말 없이 있었다.

".... 괜찮아요?"

피를 본 파리프나는 이번에는 걱정이 담긴 목소리로 그를 올려다보며 말했다. 가까이서 보니 얼굴이 아까보다는 조금 더 또렷이 보였는데 사람인 것 같았다. 그리고 그때 파란색 달빛이 그것의 얼굴에 닿았다.

'솨아...'

 숨이 멎을 만큼 아름다웠다. 이토록 아름다운 남자 아니, 인간은 여태껏 이 세상이 존재하고 나서 생겨나지 못했을 거라 생각이 들 만큼 미치도록 아름답고 완벽했다. 파란색 두 눈은 달빛의 어둡고 파란 빛과 너무나도 잘 어우러졌으며 창백하고 깨끗한 피부 위에 올려진 붉은 입술은 정신을 아찔하게 만

25

들었다.

"……"

이번에도 그는 아무 말이 없었다. 파리프나는 이제 그의 얼굴을 가까이서 보자 더는 아까처럼 두렵지가 않았다.

"밤에 혼자 숲에 있으면 위험해."

파리프나는 앞치마에 있던 하얀색 부드러운 손수건을 꺼내 악마의 얼굴을 가볍게 눌렀다. 그의 링 같은 눈은 전보다 더 커져 있었다. 파리프나는 소년의 얼굴에 피를 다 닦아내자 손수건을 다시 앞치마에 넣었다.

"아……"

파리프나는 계속해서 말없이 쳐다보고만 있는 이 소년 때문에 왠지 좀 어색했다. 그래서 잠시 "아…." 하며 입 벌린 채 얼버무리다 소년을 살짝 쳐다보고는 숲을 빠져나왔다. 그는 파리프나가 갈 때까지 빛을 내는 눈동자로 파리프나의 뒤통수를 바라보았다.

파리프나는 집에 들어왔다.

"아……"

그녀는 잠시 멍 때리며 서 있다가 자기 방으로 올라가 침대에 엎드려서 잤다.

'…… 쿨'

그렇게 밤은 지나갔다.

- 다음날 -

"으하음아아 ~"

잠에서 깬 파리프나는 기지개를 켜고 창문 밖을 보았다. 햇살은 좋았다.

"아 참! 우리 도망가야 되는데!!"

파리프나는 이불을 젖히고 1층으로 뛰어 내려갔다. 파리프나의 부모님은 이미 일어나 1층에서 뉴스를 보고 있었다.

"엄마! 아빠! 우리 짐 안 싸?!"

뉴스를 보고 있는 부모님을 향해 파리프나가 외쳤다.

"파리프나? 아...! 일어났구나, 일단 지금 바로 짐 쌀 필요는 없을 것 같아. 방금 뉴스에서 알 수 없는 폭발이 어제는 어느 곳에서도 일어나지 않았다고 전했단다."

"응....? 갑자기?? 그저께까지만 해도 폭발로 엄청난 인구가 죽었는데??"

"그러게.... 어젯밤부터 아무런 인명 피해도 없었고 지역이 붕괴된 일도 없다고 하더구나. 일단 사건의 경위를 파악하고 있다 하는데.... 여기서 우리가 섣부르게 움직였다가는 잘못해서 그 미친 폭발물이 떨어지는 곳으로 갈 수도 있다. 그러니 일단 나오는 뉴스를 계속 보고 짐 싸서 도망을 갈지 말지 선택을 하자꾸나."

"그래도 정말 다행이에요 ~"

서비는 락소스의 두 손을 잡으며 말했다.

"그러게 말이오 ~"

"........"

파리프나도 조금 안심이 되었다. 그녀는 세수를 하고 옷을 갈아입었다. 그리고 가족들과 함께 아침을 먹은 뒤 호시로에게도 여물을 가져다 주었다. 그리고 밖으로 나왔다. 밖으로 나오자 저 멀리서 산비탈을 타고 맑은 공기가 흘러 들어 왔다.
'솨아아 ...'
파리프나는 한쪽 어깨로 넘어간 땋은 머리칼을 손으로 쓸어 넘겼다.
"어제 그곳에 한번 가볼까?"
파리프나는 어젯밤에 갔던 숲속으로 걸어갔다.
'바스락 ..'
파리프나가 숲으로 들어서자 떨어져 내린 낙엽들이 발에 밟혀 좋은 소리가 났다. 파리프나는 천천히 주위를 둘러보았다.
"음...."
주위에는 아무도 없었다. 파리프나는 낙엽을 밟으며 집으로 돌아왔다.
"......"
그리고 .... 나무 위에 서 있는 악마는 집으로 돌아가는 파리프나를 내려다보며 있었다.
파리프나는 집으로 돌아와서 다 말려진 빨래를 개었다.
"전쟁이 일어나지 않았으면 좋겠다 .."
 파리프나는 빨래를 다 개고 저녁거리를 사러 밖으로 나왔다. 해가 지느라 붉은빛이 하늘을 덮고 있었다. 파리프나가 헛간 뒤에 있는 트럭으로 가려고 집 모퉁이를 도는데 자신의 앞 3m 밖에 떨어지지 않은 거리에서 누군가가 서 있는 게 보였다. 바로 어젯밤 숲속에서 만난 그 소년이었다.
"어 ??!"

파리프나는 깜짝 놀랐으나 이내 언제 그랬냐는 듯 마음은 가라앉아 있었다.

"넌 어제 걔 (?) 아니야 ??"

"........"

그 애는 여전히 말이 없었다. 다만 어제의 눈 색깔과는 다른 진한 파란색 눈으로 나의 초록색 눈만 깊게 쳐다볼 뿐이었다. 어두워서 제대로 보지 못했던 그 아이의 얼굴은 가까이서 보자 더없이 아름다웠다. 키도 186cm 는 되어 보였다. 다만, 위아래로 얼굴을 제외한 온몸이 가려지는 검은 색깔의 조금 이상한 옷을 입고 있었다는 것과 백옥 같은 흰 피부에 눈부신 외모였지만 너무 차가울 정도로 표정이 없었다는 것 때문에 나도 모르는 사이에 조금 두려움이 느껴져 왔다. 하지만 당시 나는 그것조차 모르고 있었다. 단지 이름도 알지 못하는 어제 그 아이가 왜 우리 집 뒤에서 서 있는지가 궁금했다.

"........"

그 애는 여전히 침묵만 지켰다. 우리 집 뒤에 서서 나를 쳐다보며 있었지만 계속해서 침묵만 지키며 있는 그 소년에 대해서 궁금증이 일어난 나는 가슴에서 조금 답답함을 느꼈다. 그래서 어깨를 한 번 들썩거린 뒤, 그 아이를 쳐다보며 말했다.

"저 .... 배고프면 우리 집에서 밥 먹을래 ? 나 지금 밥 만들 재료 사러 갈 건데 우리 집에서 좀 기다리면서 있을래 ?"

"........."

소년은 이번에도 말이 없었다. 다만 나를 쳐다보고 있는 진한 파란색 홍채만 조금 흔들거렸다.

"뭐, 말하기 싫으면 하지 말든지 ...."

파리프나는 아무런 리액션이 없는 소년 때문에 다시 어색해졌다. 그래서 헛

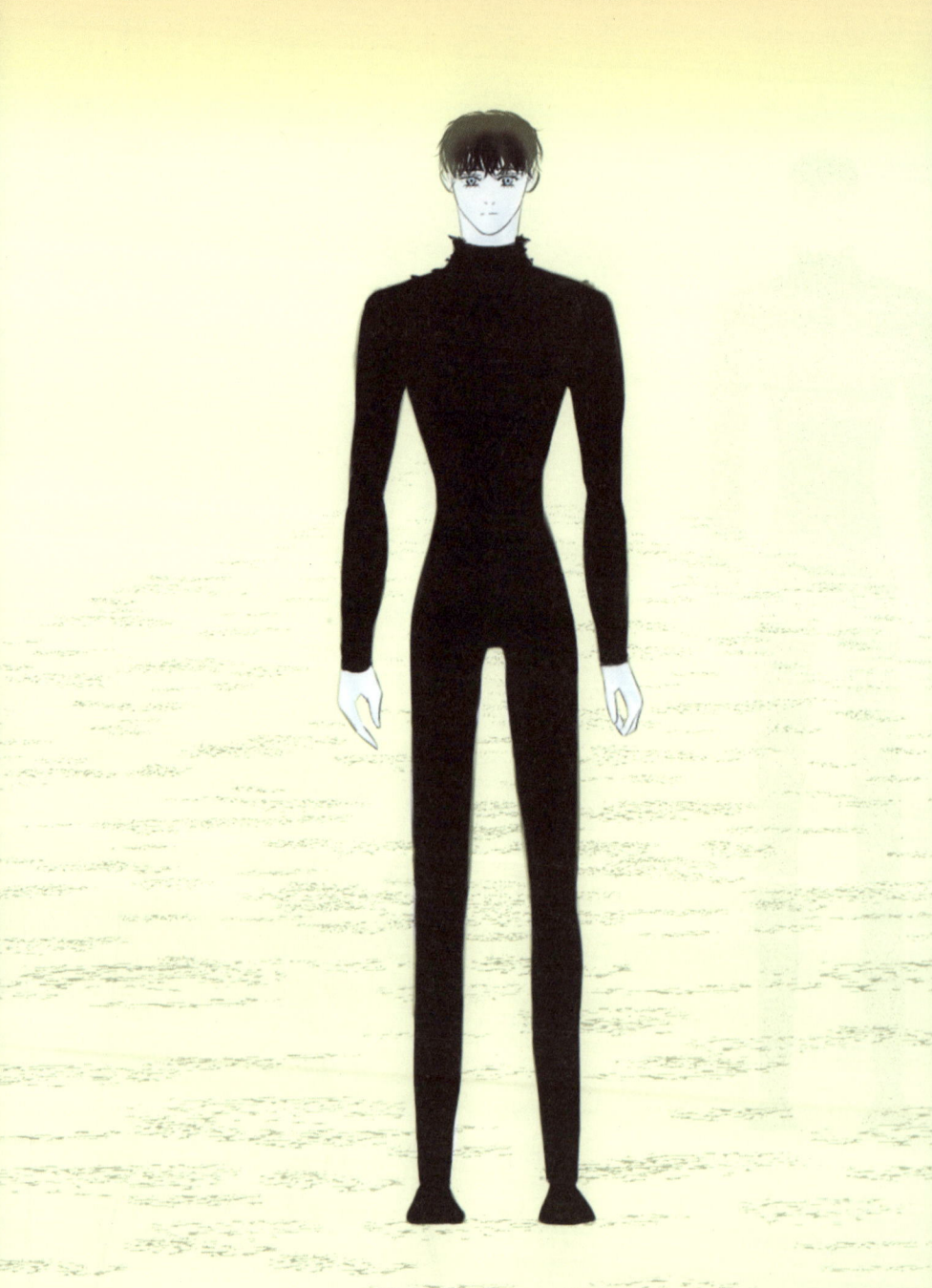

간으로 걸어가 아버지의 트럭을 몰고 자신이 가려던 시내를 향해 출발 엑셀을 밟았다.

"……"

사이드 미러로 보니 그 소년은 여전히 나를 쳐다보고 있는 상태였다. 파리프나는 저 소년이 왜 자꾸 멈춰선 채로 나를 쳐다보나 궁금했지만 어차피 말 안 할게 뻔했으므로 그냥 직진하기로 했다. 그렇게 파리프나는 저녁거리를 사다가 가족들과 저녁으로 해물 스파게티를 해서 먹었다. 맛있는 스파게티를 먹으며 있는 파리프나의 머릿속에서 소년은 점점 지워져 갔다.

- 미국 -

'크우우 … 즈와아아아악 …!!!'
"크아악..! 사람 살려!!!"
'즈우욱 …??! 쿠와아아아앙!!!!!'
사상자 수, 무려 5천만 명. 수많은 인구가 사망했으며 워싱턴 DC, LA, 네브레스카, 샴버그, 엘파소 지역의 땅과 건물들은 대부분 파괴되어 버렸다. 그리고 파괴된 도시 한가운데 사선으로 꽂혀 있는 거대한 철근 봉 위에서 고개를 숙인 채 앉아 있는 한 악마.

"……"

악마는 상체를 구부려 앞으로 숙인 자세로 양팔을 다리 위로 떨어뜨린 채 아래 바닥만 바라보았다. 다리 위에 올려진 악마의 손에서는 피가 흥건하게 적

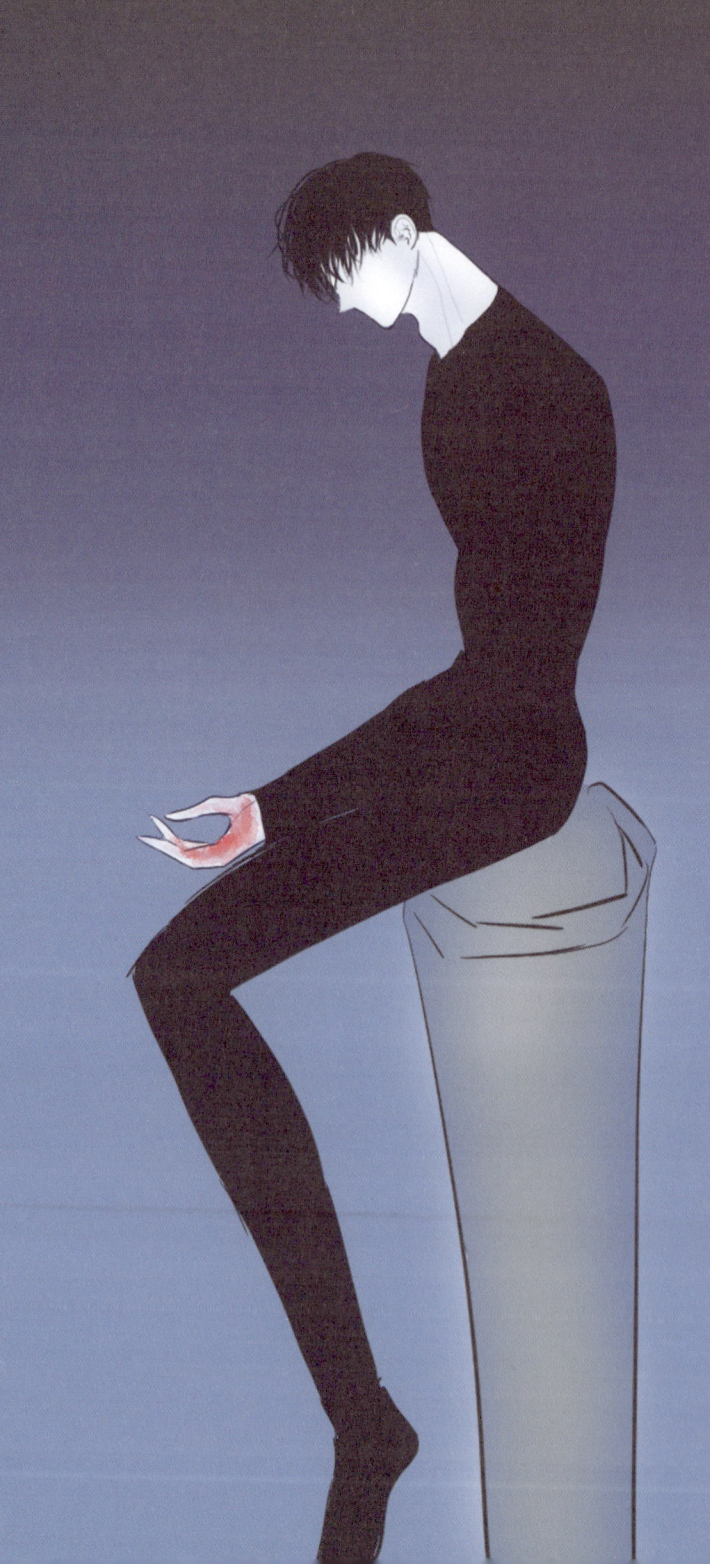

셔져 있었다.

"……."

악마는 피로 물든 자신의 손을 말없이 바라보았다. 헝클어진 앞 머리칼, 얼굴, 옷, 모든 곳에 인간의 피가 묻어있었다. 악마는 여전히 고개를 떨군 채 바닥만 바라보았다.

"………"

그런데 그 순간, 악마는 갑자기 깊은숨을 몰아쉬기 시작했다
"허억.. 허억..! 하아..! 하……."
고통스러웠다. 악마는 자신의 정체성에 혼란을 느꼈다. '나는 악마'
'내가 존재하는 목표는 단 한 가지, 인류 말살.' 이것이 악마의 오직 유일한 목표였다. 그리고 뜻대로 일들은 풀려나갔다. 그런데 지금. 악마가 유일하게 여겼던 목표의 일부를 실행시키고 난 지금, 악마는 자신도 알 수 없는 고통에 휩싸여 버렸다. 눈앞이 아득했다. 안에서 떨려오는 살결의 진동이 느껴졌다. 악마의 푸른색으로 물든 동공이 가늘게 떨려왔다.
"허억.. 허억... 후우……."
악마의 머릿속에서는 자꾸만 파리프나의 기억이 스쳐 지나갔고 그럴수록 그는 혼란스러움에 고통을 느꼈다.

그리고... 그 고통의 감정은 그의 기억 중 하나가 되어 버렸다.

에필로그

'바스락...'
악마는 나무 위에서 그녀가 집으로 돌아가는 뒷모습을 바라보았다.
"........"
떠나지 않았다. 어제 그녀를 이 숲에서 만난 뒤 악마는 멈춰버린 시간 안에 머물렀다. 계속해서 외치던 메아리는 소리를 잃고 죽어갔다. 얼굴에 닿은 손길, 온기, 숨소리, 눈동자..... 모든 것이 리플레이 되었다. 마음의 정적. 그녀가 떠난 뒤 한동안 그 자리에서 움직이지 않았다. 아니, 못했다. 떠다니던 반딧불이 악마를 감쌌다. 멈춰있는 허파에서 작게 숨이 내쉬어졌다.
"........"
붉은 링은 더욱 또렷하고 붉어졌으며 검은 머리카락은 바람에 휘날렸다.

아침이 되었다. 소녀는 말에게 여물을 주러 밖으로 나왔고 이 모습을 악마는 숲에서 지켜보았다. 산비탈을 타고 맑은 공기가 흘러들어 왔다. 소녀는 땋은 머리칼을 손으로 쓸어 넘겼다. 바람에 실린 소녀의 체취가 악마의 숨결에 닿았다. 자극적이었다. 그 어떠한 향기보다 아름다웠으며 강력했다. 악마는 두려움을 느꼈다.
'사박.. 사박..'
그때 소녀가 숲으로 들어왔다. 그리고 무언가를 찾듯 천천히 고개를 두리번거렸다. 악마는 파란 잎이 우거진 나무 위에서 소녀를 바라보았다.
"......"

'아름답다', '두렵다' ... 이 두 가지 감정을 동시에 느낄 수 있는 것인가 ...? 소녀를 내려다보는 악마의 두 눈이 말했다. 소녀가 집으로 돌아갈 때까지 악마의 두 눈은 소녀를 쫓았다. 붉은 해가 하늘을 덮었다. 그때까지도 악마는 소녀의 집 근처를 떠나지 못하고 있었다.
'사아아아아아 ......'
이때 문이 열리는 소리가 들렸다.
악마는 굳어버렸다.
소녀는 집 모퉁이를 돌았고 악마와 마주쳤다. 눈도 깜박이지 못한 채 악마는 소녀를 바라보았다. 소녀가 말을 걸어왔던 것 같다. 그러나 악마는 듣지 못했다. 악마는 굳어버린 몸을 움직이지 못하고 소녀의 안으로 빠져들었다. 안 되는 것이다. 악마가 인간의 안으로 빠진다는 것은 그들에게 있어서 .... 절대 안 되는 것이다. 하지만 그럼에도 악마는 소녀의 안으로 빠져들었다. 정신이 아찔했었나 ...? 아니 몽롱하였다.

아무런 생각도 아무런 느낌도 느껴지지 않았다. 그 와중에 소녀의 말소리가 들려왔던 것 같다. 밥 .... 만들 재료 사러 가는데 ..... 집에서 기다리라고. 그렇게 말했다. 악마는 '왜 ....?..... 왜 ....?' 이 한 단어만을 소녀를 바라보며 생각했다. 조금 있다 소녀는 돌아서 트럭이 있는 곳으로 갔고 차에 올라타서 떠났다. 악마는 소녀가 사라질 때 까지 그 자리에 서서 소녀를 바라보았다.

" .... "

뛰어가고 싶었다. 무엇보다 빠르게 뛰어서 소녀의 트럭 앞으로 갈 수 있지만 몸이 움직여지지 않았다.

한동안 ..... 악마는 그 자리에 선 채로 앞을 바라보았다.

악마에게 그리움과 고통은 없어
그런데 …. 만약 그리움과 고통을 느낀다면 그것은 무엇일까 …?

3

잘해주지 마

"이...이런 어떻게 또.."
락소스는 입에 문 칫솔을 떨어뜨렸다.
"아....."
파리프나는 TV에서 나오는 뉴스를 멍하니 바라보았다.
"뉴스 속보입니다! 오늘 오전 두 시경 워싱턴 DC 부근에서 또다시 폭발이 일어났습니다! 사망자 수는 무려 5천만 명에 달하고 부상자 수만 천만 명에 이르는 것으로 밝혀졌습니다!"
"아.. 아아..."
파리프나는 멍해진 표정으로 허공을 바라보았다.
"아... 이걸 어째.. 여보! 어머니한테도 얼른 전화해야 돼요!"
"지금 하고 있소!"
락소스는 파리프나의 친할머니인 푸리스사 아카메디언한테 전화를 해서 전쟁 소식을 알리고 있었고 서비는 친정 가족들한테 전화를 걸어 무사한지 안부를 물었다. 파리프나는 그런 부모님의 모습을 멍하니 보며 서 있었다. 최대한 침착한 모습으로 가족들을 안심시키려고 했던 파리프나는 계속해서 늘어나는 사상자 수에 점점 두려움이 커져만 갔다. 이때 락소스가 말했다.

"파리프나, 아빠하고 엄마는 가서 할머니와 외할머니를 모시고 와야겠구나. 그때까지만 어디 가지 말고 집에 있어라. 내일까지 돌아오마."

"응 ... 엄마, 아빠 조심해서 갔다 와."

"금방 갔다 올게, 파리프나."

엄마 서비가 파리프나의 얼굴을 쓰다듬으며 미소 지었다. 그리고 락소스와 서비는 밖으로 나갔다. 파리프나는 그렇게 혼자 집에 남게 되었다. 그때, 파리프나의 집 문을 누군가가 두드렸다.

"누구세요~?"

파리프나가 문을 열고 나가자 학교 친구 안젤쿠가 파리프나네 집으로 찾아와 있었다.

"야~! 파리프나 너 뉴스 봤지?! 어제만 5천만 명 사망했대!"

"응 ... 봤어, 너하고 너희 가족도 얼른 안전한 곳으로 도망가야 하는 거 아니야?"

"우리는 이미 피난 준비 끝났지! 너야말로 얼른 도망가야 하는 거 아니야?"

"응, 그러려고."

파리프나는 친구 안젤쿠와 함께 밖으로 나와 공원 숲을 돌고 있었다.

"나는 내일 뉴질랜드로 떠날 거야, 미국과 다른 나라들로부터 가능한 멀리 떨어진 곳으로 가려고."

".... 그렇구나."

"야, 너도 여기 빨리 떠나, 응? 나랑 같이 떠날까??"

"엄마, 아빠가 할머니, 외할머니 데려오시면 떠나려고."

"뭐야? 너희 부모님 지금 다른 나라 가신 거야??"

"응, 몇 시간 전에 떠나셨어."
파리프나는 앞에 있는 돌을 발로 탁 찼다.
"아? 그랬구나, 야, 너 근데 그 말 들었어?"
"무슨 말??"
"폭발이 일어난 지역에서 살아남은 사람이 한 말인데, 폭발물이 알고 보면 어떤 괴물이 날려대는 공격이라 하더라고? 폭발이 일어난 자리에 어떤 사람이 공중에 뜬 채로 서서 있었는데 그게 사람이 아니고 괴물 같았다고 했다니까~?"
"뭐....? 정말?"
"응, 지금 그 사람은 병원에서 치료받고 있다는데, 아무래도 그 당시 쇼크로 정신에 이상이 생긴 선시도 모르지. 아무튼 그런 말도 있었어."
"참...."
"야, 무서우면 말해. 나 오늘 너희 집에서 자고 갈까?"
"아니야~ 너희 집 여기서 거리 좀 되잖아, 어차피 난 별로 무섭지도 않고, 그냥 혼자 하루 있는 건데 뭐~"
파리프나는 내일 일찍 떠날 친구가 자신 때문에 피난이 늦어질까 봐 무서웠지만 그냥 가라고 했다. 친구가 돌아가고 파리프나는 짐을 싸기 시작했다.
"외진 섬나라 같은 데 숨어 들어가서 사는 거야, 그런 곳이라면 위험으로부터 목숨을 구할 수 있겠지..."
그동안 한평생 살아온 삶의 터전, 집, 학교, 친구들, 이제 다시는 보지 못할 정도로 망가지고 사라져버리겠지. 그녀는 그런 상황이 너무나도 싫었지만 어쩔 수 없는 일이었다. 어쩌면 지금 선택이 파리프나를 위협할지도 모른다. 하지만 현재 이 선택만이 파리프나와 그녀의 가족들이 택할 수 있는 최선이었다. 마지막으로 파리프나가 방에 있는 인형들을 상자에 전부 담자 짐 싸는 일이 끝났다.

"휴우... 다 끝났다."

그녀는 혼자 남은 집에서 느껴지는 조용한 적막에 기댔다. 그때 밖에서 무언가 부스럭 소리가 들려왔다.

"... 뭐지? 안젤쿠 너야~??"

파리프나는 문을 열고 밖으로 나갔다. 그런데 그곳에는 안젤쿠가 아닌 어제 보았던 '그 소년' 이 서서 있었다. 소년은 파리프나의 집에서 약 5m 정도 떨어진 곳에 서 있었다.

악마의 눈은 파란색으로 변해 있었다. 그리고 동공에 있던 링 또한 옅어져 있었다.

"어...?"

파리프나는 눈을 동그랗게 뜨고 악마를 쳐다보았다.

"......"

"네가.... 여기 왜...? 우리 집 앞에 왜... 있어??"

"......"

악마는 말없이 파리프나의 눈만 바라보았다. 눈썹이 조금 구부러진 채로. 파리프나는 깨달았다는 듯이 눈을 감았다 뜨며 '아~ 맞다. 쟤는 말 안 하지' 하는 표정을 지었다.

"너 혹시 진짜 배고파??"

"......"

"음..... 우리 집에 와서 밥 먹을래?"

악마는 파리프나를 더 뚫어져라 바라보았다. 악마의 눈썹은 방금 전보다 더

구부려져 있었다.

"잠깐만 기다리고 있어 봐~?"

파리프나는 집 안으로 들어가더니 부엌에서 아침에 삶은 따뜻한 고구마를 솥에서 하나 꺼내 가지고 나왔다. 그리고는 고구마의 껍질을 절반만 벗겨 악마의 앞에 들어 보였다.

"......."

악마는 파리프나를 한 번 보고 그녀가 들고 있는 고구마를 바라보았다.

"먹어 봐~"

악마가 멀뚱히 서 있자 파리프나는 다섯 발자국 악마의 앞으로 걸어갔다. 그리고 고구마를 들어 올렸다. 이제 파리프나와 악마의 거리는 1m 안이었다. 악마의 눈빛이 흔들거렸다.

"아...."

악마가 파리프나를 바라보는 눈빛은 좀 전보다 더 부드러워져 있었다. 감정이 이상했다... 자꾸만... 계속...

계속해서 파리프나는 악마에게 먹어보라는 듯이 눈빛을 보냈다. 악마는 천천히 손을 들어 파리프나가 건네는 고구마를 잡았다.

"먹어 봐~? 맛있다니까?"

"......."

하지만 악마는 여전히 아무 말 없이 파리프나를 바라보고만 있었다. 파리프나를 바라보는 악마의 눈빛은 너무나도 잘생기고 치명적일 만큼 매력적이었다.

"먹어 봐, 엄청 맛있다니까~?"

파리프나가 고구마를 먹는 시늉을 보였다. 악마의 눈은 여전히 파리프나와 맞춘 채 천천히, 거의 열려있지 않은 자신의 입으로 고구마를 가져갔다.
"어때?? 맛있지 ~~"
악마가 먹는 모습을 보자 파리프나는 활짝 웃었다. 그리고 그런 파리프나를 바라보는 악마의 눈빛은 완전히 풀어져 있었다.
"우리 집에 들어와 ~? 맛있는 거 해줄게 ~"
파리프나는 지그시 자신을 바라보고 있는 악마를 데리고 집 안으로 들어갔다. 악마는 파리프나의 집 안을 곁눈질로 둘러보았다.
"우리 집이 그리 크지는 않아도 햇빛도 잘 들고 아기자기한 구석이 있어 ~"
"......."
"여기, 잠깐 앉아있어."
파리프나는 악마를 거실 소파에 앉히고 부엌으로 달려갔다. 악마는 부엌으로 달려가는 파리프나의 모습을 그녀가 사라질 때까지 바라보았다. 그리고 다시 천천히 고개를 움직여 주위를 보았다. 나무로 된 낡은 책상, 벽에 걸린 그림, 액자들이 걸려있었다. 액자 안에는 사진이 있었는데 사진 속에는 파리프나와 그녀의 가족들이 있었다. 악마는 사진 속 파리프나를 바라보며 있었다. 20분 정도 시간이 지나자 파리프나가 부엌에서 나와 악마가 있는 곳으로 달려왔다.
"먹을 거 다 했어 ~ 이리 식탁으로 와 ~"
파리프나는 악마를 식탁 앞으로 데려갔다. 식탁 앞에는 방금 만든 따뜻한 베이컨 야채 토스트, 기름에 튀긴 소시지, 볶은 돼지고기와 과일, 레몬주스가 올려져 있었다.
"배고프지, 어서 먹어 ~"
파리프나는 악마를 식탁에 앉혔다. 그리고 자신은 맞은편 자리로 가서 앉았다. 파리프나는 미소지으며 악마를 바라보았다. 그녀는 아까까지의 불안함과 슬픔은 완전히 잊어버렸다. 벌써 세 번의 만남에 익숙해진 것일까..? 파리프나는 왠지 모르게 이 소년을 돕는 일이 행복하고 기분이 좋았다. 파리프나는 식탁에 한 손을 올려서 턱 받침을 하고 악마를 바라보았다.

"......"

"어서 먹어 ~"

악마는 파리프나와 식탁 위에 음식을 한 번 번갈아 보더니 앞에 있는 스푼으로 소시지를 퍼서 입으로 가져갔다.

"흐흥 ~ 맛있지 ~~"

"........,"

악마는 고개는 숙인 상태로 눈만 빼꼼 올려 파리프나를 쳐다보았다.
파리프나는 웃고 있었다.

"........"

악마가 식탁 위에 있는 토스트를 잡아서 입으로 가져갔다. 그러며 중간중간 눈만 빼꼼 올려서 파리프나를 쳐다봤다.

"저기 .. 너는 이름이 뭐야 ?"

"........"

"나는 파리프나거든 ~"

".........."

"말하기 싫으면 말 안 해도 상관없어 ."

"월 ...."

"응 ..??"

"셔월드 .... 셔월 .."

47

"셔월드...? 셔월..?"

"내 이름..."

"아...? 네 이름이 셔월드야~?"

악마는 고개를 끄덕였다.

"그러니까 이름은 셔월드인데 뭐 애칭으로 짧게 셔월이라고 하는 거야? 셔월드... 셔월.. 이름 참 특이하다~~"

"......"

파리프나는 활짝 웃었고, 악마는 그런 파리프나를 바라보았다.

"셔월드, 그럼 너는 어디서 왔어? 집이 이 근처야?"

"......"

악마는 아무 말 없이 식탁만 바라보았다.

"음... 집이 조금 먼가?"

"......"

이번에도 악마는 식탁만 바라볼 뿐 아무 말이 없었다.

"나는 이곳에서 태어나서 자랐어~ 도시에서 좀 떨어진 곳인데도 나는 여기가 되게 정말 좋아~"

"........."

"너 혹시 부모님 계셔..?"

"........."

"혼자서 사는 거야?"

"........."

악마는 파리프나의 물음에 스푼을 깨작거리며 가만히 있었다.

"아.... 미안~ 미안~ 어서 먹어~~ 밥 먹는데 방해했네."

악마는 슬쩍 파리프나를 쳐다보고 다시 천천히 스푼을 입으로 가져갔다. 파리프나는 악마가 밥을 다 먹을 때까지 앞에서 그를 바라보았다. 이렇듯, 정면에서 바라보니 실로 정말 아름다웠다. 정말.. 너무나도 아름다워 신조차도 그를 질투할 것만 같았다. 파리프나는 그런 악마의 아름다움을 이렇듯 가까이서 느끼자 자신도 모르는 사이, 그를 바라보는 것이 아닌 그의 안으로 들어가 버린 감정을 느꼈다. 그때, 악마가 고개를 들며 파리프나와 눈이 딱 마주쳤다.

"아...?"

파리프나는 갑자기 마주쳐버린 눈에 당황해 바로 턱을 받치던 손을 풀어 버렸다.

"아...."

정면을 바라보는 악마의 눈은 방금 전보다 몇 배는 더 눈부시게 잘생기고 아름다웠다.

"........"

악마는 자신을 바라보는 파리프나를 전혀 민망해하는 기색 하나 없이 쳐다보았다.

"너... 정말 눈이 맑은 거 같아, 보석처럼...."

"......"

악마는 파리프나의 말 한마디 한마디에 자꾸만 자신 안의 무엇인가가 이상했다. 악마가 밥을 다 먹자 파리프나는 그릇을 설거지통에 담으며 말했다.

"맛은 괜찮았지~ 내가 집에서 엄마 밥할 때 옆에서 많이 봐서 밥은 또 잘해~"

"......"

"저기, 근데 너 여기서 혼자 있으면 위험해."

"......"

"뉴스에서 전쟁이 일어날지도 모른다고 기사가 떴어. 정체가 밝혀지지 않은 폭발물이 세계 곳곳에서 터져서 지금 사상자 수가 셀 수 없이 많아졌거든. 그래서... 우리 가족도 내일 피난 갈 거야. 너도 빨리 가족들하고 피난 가. 여기 계속 있으면 죽게 될지도 몰라."

"........"

"너... 혹시 가족들 없어...?"

파리프나의 말에도 악마는 아무 말 없이 그녀를 바라보았다.

"아.. 아.. 그래서 이 근처에서 돌아다니고 있던 거였구나..?"

"........"

"그럼 너 혹시 집은 있어?"

"....."

악마는 여전히 아무 말 없이 그녀만 쳐다보았다.

"아.. 집도 없구나..."

파리프나는 셔월드가 가족이 없다고 생각했다. 그러자 그런 그가 가엾게 느껴졌다. 그래서 더 잘해주고 싶었다.

"저기.. 너무 걱정하지 말고 기운 내~"

"......"

파리프나는 화제를 전환했다.

"내 방 구경할래?"

파리프나의 말에 악마는 고개를 끄덕였다.

"따라와~"

51

파리프나는 악마를 데리고 2층으로 올라갔다. 그리고 같이 방 안으로 들어갔다. 작고 예쁜 방이었다.

"이건 내가 그린 그림 공책인데 보여줄게 ~"

파리프나는 책장에서 피노키오가 그려진 연습장 하나를 꺼내서 악마에게 건넸다.

"봐봐 ~"

악마는 파리프나가 건넨 연습장을 받았다. 그리고 파리프나와 연습장을 눈만 돌려서 번갈아 보았다.

"엄마, 아빠 말고 누구한테 잘 안 보여주는 건데 너는 볼 수 있게 해줄게 ~"

"....."

악마는 천천히 연습장을 넘겼다.

엘렌 초등학교 3학년. 2반. 파리프나

제목 : 당나귀

파리프나가 초등학생 때 그린 당나귀 그림은 정말이지 엉망진창이었다. 당나귀가 달리고 있는 건지 공중에서 체조를 하는 건지 분별이 안 갈 정도였으니까.

소린 중학교 2학년. 7반. 파리프나

제목 : 미친 들소

이번 건 초등학생 때 그린 당나귀 그림보다는 나았지만 이것 또한 중학생 그림 실력이라고 믿어지지는 않았다. 들소의 코는 꿀꿀꿀 돼지 코를 만들어 놓았고 발은 하마 같았다. 그리고 역시 달리는 건지 공중부양을 하는 건지 구분이 안 가게 그려놓았다. 악마는 그림 공책을 파락파락 넘기며 보았다.

나르센 고등학교 1학년 4반 파리프나

제목 : 소풍

이번에는 가족들과 함께 소풍 나온 그림이 있었다. 이번 그림도 초등학생 그림 같았지만 세 개의 그림 중 그나마 제일 잘 그린 것 같았다. 악마는 파리프나의 그림을 빤히 바라봤다.

"이제 끝이야 ~ 더 이상은 없거든."

파리프나가 공책을 펄럭거리며 말했다.

"……"

악마는 파리프나를 바라보았다.

"이건 내 일기! 이것도 누구한테 잘 안 보여주는 건데 허락할게, 한번 봐봐~"

파리프나는 일기 공책을 펴서 악마에게 넘겨줬다.

"……"

악마는 파리프나의 공책을 읽어보았다.

2016년 10월 7일

제목 : 진흙 밟고 자빠진 날

오늘은 등굣길에 달리기 하다가 진흙을 밟고 줄떡! 뒤로 자빠졌다.
덕분에 옷을 다 버렸다. 집에 와서 빈대떡을 부쳐 먹었다.

- 끝 -

파리프나의 그림책과 일기는 단순했지만 웃기고 재밌었다.

"……"

"일기 다 봤으면 나랑 같이 내려가서 TV 볼래?"

"……"

파리프나는 악마를 데리고 1 층으로 내려가서 TV 를 켰다.

"생활 속 이야기, 이거 보자~"

파라프나는 악마를 소파에 앉히고 같이 TV 를 보았다. 그때 밖에서 비가 내렸다.

'쏴아아아'

"어? 비 오네, 난로 켜야겠다!"

파리프나는 TV 옆에 있는 벽난로에 불을 붙였다.

"비 오는데 우리 뭐 따뜻한 거 마실까~?"

악마는 말없이 파리프나를 바라보았다.

"……"

파리프나는 웃으며 부엌으로 들어갔다. 그리고 쟁반에 유자차와 과자를 담아서 셔월드가 있는 소파로 가져왔다.

"먹자~"

악마는 파리프나를 한 번 바라보고, 과자를 집어먹었다.

"헤헤..."

파리프나도 차와 과자를 먹었다. 밖에서 빗소리가 들리는 가운데 파리프나는 악마에게 소곤 소곤 이야기를 하며 TV 를 보았다.

.
.
.
.
.
.

시간 가는 줄 모르고 TV 를 보고 있던 파리프나는 TV 위에 있는 시계 초침이 12 시를 가리키는 걸 보게 되었다.

"어? 12시네. 셔월드, 너 피곤하지?"

"……"

"이리로 와~ 여기 얼마 전까지 엄마, 아빠가 쓰던 방인데 현재 사용하는 방보다 깨끗해~ 여기서 자. 참! 그나저나 너, 며칠 전부터 그 옷만 입고 있었지?"

파리프나는 악마가 입고 있는 위아래 검은색 옷을 보며 말했다.

"아니지, 그러고 보니까 너 처음 봤을 때도 이 옷만 입고 있었잖아? 이 옷 하나밖에 없는 거야?"

"……"

"야~ 내가 왜 그 생각을 못 했을까! 진작 너 옷부터 하나 줬어야 하는 건데~ 이리 와 봐."

파리프나는 악마를 데리고 부모님 방으로 갔다.

"……"

악마는 자신의 손목을 잡고 가는 그녀를 바라보았다. 방에 도착한 파리프나는 옷장 서랍에서 아빠의 하늘색 티셔츠와 카키색 반바지를 꺼냈다.

"이거~ 아빠가 너보다 키는 작지만 덩치가 있어서 네게도 맞을 거야."

파리프나는 악마에게 옷을 건넸다.

"……"

"이제 잘 건데 그 옷 입고 불편해서 어떻게 자, 욕조에 물 받아놓았으니까 가서 목욕하고 이 옷으로 갈아입어~ 그 옷 벗어 놓으면 내가 세탁기 안에 넣어 놓을게~"

파리프나는 악마를 데리고 욕실로 갔다.

"……"

악마는 샤워기를 틀었다. 순간, 그가 입고 있던 어둠의 옷은 사라졌다. 그 뒤 떨어져 내리는 물줄기 밑으로 들어갔다. 그가 존재하고 나서 처음으로 하는 목욕이었다. 악마에게 인간이 하는 목욕은 필요 없었다. 씻지 않는다고 해서 땀으로 지저분해지거나 하는 존재는 아니었으니까. 떨어져 내리는 따뜻한 물줄기 아래 셔월드는 처음으로 인간들이 하는 '목욕' 을 하였다.
'솨아아아 …'

파리프나는 셔월드가 나올 때까지 소파에 앉아 다 말린 빨래를 개어놓고 있었다. 그때 셔월드가 화장실 밖으로 나왔다.
'터벅..'
"나왔어 ~? 어?! 옷 딱 맞네 ~?"
파리프나가 준 옷은 셔월드에게 딱 맞았다.
"잘 어울린다 ~ 되게 예뻐 ~!"
"아…"
셔월드는 옷을 보며 젖은 뒷머리를 손으로 잡았다.
"이리 와 볼래?"
파리프나는 악마에게 손짓했다.
"……."
악마는 파리프나에게 다가갔다.
"여기 앉아봐."
파리프나는 악마를 소파에 앉혔다. 그 뒤, 개어 놓은 수건 하나를 펴서 악마의 머리에 얹고 물기를 털었다.

"탈탈탈탈!"

"머리카락 물기가 아직 남아있어서 ~"

"......."

악마는 자신의 머리카락을 털어주는 파리프나를 바라보았다.

"이제 자러 갈까?"

파리프나는 부모님 방으로 악마를 데려갔다.

"부엌은 저쪽, 화장실은 이쪽, 필요한 거 있으면 말해줄 거지 ~?"

"...."

"어.... 그럼 잘 자 ~!"

파리프나는 악마한테 손을 흔들고 자기 방으로 갔다. 파리프나는 괜히 텅 비었던 집이 꽉 차는 기분이 들었디.

"....."

셔월드는 말없이 뒤돌아서 멀어져 가는 파리프나를 쳐다보았다.

그렇게 밤이 깊어갔다.

- 다음날

"으... 으응."

침대에서 부스스 일어난 파리프나는 눈을 비볐다. 창밖에서는 아직도 비가 주룩주룩 내리고 있었다.

"......"

파리프나는 일어나서 시계를 보았다. 오전 5 시 30 분이었다.

그녀는 옆에 있는 휴대폰으로 부모님에게 전화를 걸었다. 하지만 신호만 갈 뿐, 전화를 받지는 않았다.

"비가 와서 아직 출발 못 했나 ..."

그녀는 침대에서 일어나 방문을 열었다. 비가 계속해서 내려 2 층 복도가 어두컴컴했다. 파리프나는 복도로 걸어갔다. 그러다 문득 셔윌드가 생각났다.

"셔윌드는 지금 일어났으려나 ?"

그녀는 자신의 방에서 7m 떨어진 곳에 있는 악마의 방 쪽으로 걸어갔다. 그때, 문 앞에서 몸을 반쯤 비껴선 채 나와 있는 셔윌드와 딱 마주쳤다.

"앗 ...!"

파리프나는 갑자기 마주친 셔윌드 때문에 깜짝 놀라서 상체를 뒤로 재꼈다.

"아 .... 좋은 아침 !"

'끄덕 ..'

악마는 천천히 고개를 한 번 끄덕였다.

"일찍 일어났네 ~?"

"......"

"비가 계속 내린다 ~ 잠자리는 어때 ? 잘 잤어 ?"

'끄덕'

"다행이다 ~"

"......"

"우리 너무 일찍 일어난 것 같다 ~ 혹시 배고파 ?"

"......"

악마는 말없이 파리프나만 바라보았다.

"아직 안 고프지 ~?"

"……"

"음…. 너무 일찍 깨서 할 것도 없고, 비도 오고 있고.. 우리 심심한데 집에서 게임 하면서 놀래?"

"……??"

"따라와 봐 ~"

파리프나는 악마를 데리고 2층 복도 끝으로 갔다.

"여기 복도 끝에 있는 방은 서재거든 ~ 여기에 게임 할 것들이 이거저거 많아 ~"

파리프나는 서재 문을 열고 악마와 들어갔다. 서재 크기는 생각보다 컸다. 열 평은 되어 보였다. 파리프나는 갈색 나무 책장 사이로 들어가더니 책들 위에 있는 체스와 카드, 보드를 들고 달려왔다.

"헤헤… 이걸로 재밌는 게임하자!"

"…."

파리프나는 악마와 함께 카펫이 깔린 바닥에 앉았다. 그리고 체스판을 폈다.

"참! 그런데 너 체스 할 줄 알아?"

파리프나의 말에 악마는 고개를 저었다.

"아? 몰라? 그럼 알려줄게 ~ 봐봐, 이렇게 이렇게 저렇게…."

파리프나는 악마에게 체스 룰을 가르쳐 주었다.

"어때? 쉽지 ~! 이제 하자!"

'끄덕'

악마와 소녀는 체스를 두기 시작했다.

"거기다 두면 안 되지 ~!"

파리프나는 악마의 졸병을 날름 먹어 버렸다. 체스는 파리프나의 승리였다.

"와아~! 내가 이겼다!!"

파리프나는 좋아했다.

"우리 이거 또 하자!"

'끄덕'

악마와 파리프나는 다시 체스를 두었고 이번에는 악마가 파리프나를 쉽게 이겼다.

"와~ 잘한다~??"

파리프나는 작게 손뼉 쳤다.

"……"

악마는 물끄러미 그런 파리프나를 바라보았다. 그들은 다시 체스를두었고 이번에도 악마가 쉽게 이겼다.

"와~ 처음치고 너무 잘하는데~?! 박수~"

'짝짝~!'

"우리 이번에는 카드 놀이할까?"

"……"

파리프나는 가지고 온 카드를 거꾸로 펼쳐놓고 섞었다.

"자! 여기서 하나씩 뽑으면 돼. 너 먼저 뽑을 수 있는 기회를 줄게!"

"아……"

악마는 파리프나를 한 번 쳐다보고 카드를 한 장 뽑았다.

"뽑았어?"

악마가 카드를 한 장 뽑자 이어서 파리프나도 한 장 뽑고 그렇게 서로서로 한 장씩 뽑았다.

"참! 잊을 뻔했다. 너, 카드 게임 할 줄은 알아??"

'도리도리'

악마는 고개를 저었다.

"아?! 몰라? 쉬워~ 이거! 이거 보이지? 여기 왕이 제일 센 거고, 다음은 얘네, 그다음은 쟤네들이거든. 그러니까 서로 카드 보였을 때 제일 센 카드 나오는 사람이 이기는 거야!"

'끄덕'

파리프나와 악마는 카드 게임을 시작했다.

에필로그

"……."

숲속 나무 앞 바위에 앉아있는 한 악마.

'스윽..'

피로 물든 두 손을 바라보는 파란 눈동자.

"……"

아픈 감정.

"……."

예민한 청각.

'끼익..!'

"어? 안젤쿠, 무슨 일이야..?"

"……"

숲속 너머 보이는 그때 그 소녀.

"파리프나! 그 소식 들었어? 어제만 5천만 명 사망했대~!"

"응.... 뉴스 봤어."

다 ... 내가 한 짓인데 ....

"어쩜 좋아 ~! 빨리 피난 가야 되는 거 아니야 ?!"

너는 그게 싫어 .....? 왜 ...?

"부모님이 할머니 모셔오시면 그때 피난 가려고 .."

나로 인해 힘들어 ....?

"그래 , 빨리 짐 싸서 부모님 오시면 바로 떠날 준비하고 있어 !"

나 ... 때문인 거지 ....?

악마는 그녀의 눈동자를 끊이지 않고 계속 .. 계속 ..... 바라보았다 .
" .... "
친구가 돌아갔다 .

"휴우....."
소녀는 한숨을 내쉬며 바닥을 바라보았다. 그리고 집 문을 열고 들어갔다.

궁금해...

네가..... 너라는 사람이 궁금하고 신기해...... 너를 보면 왜... 내 마음이 아픈..... 거야...? 왜 잘못한 거라고 외치는 걸까..? 누구야... 너?
인간인 거야....? 아니면 다른 무엇인 거야........?

'...... 저벅.... 저벅'
악마는 그녀의 집 앞으로 한 발 두 발 걸어갔다.

알고 싶어...
네가 왜 내 마음속에 떠다니는지
어떻게 하면 알 수 있을까....?
너를 보면 알 수 있지 않을까...?

.... 아니 그전에 나는...... 네가 보고 싶었던 게 아닐까.......

우주 끝에서 땅까지 이어진 어둠이 자꾸만
흐려지는 것 같아 ... 어둠이 차서 빛이 사라지면
다 되는데 .... 그것만이 내가 존재하는 이유인데
자꾸 빛이 들어와 . 나의 존재 이유를
불분명하게 만드는 너 . 제발 ...... 잘해주지 마 .

4

이상한 감정 끝에는 항상 네가 서 있어

 파리프나는 카드 한 장을 꺼내 펼쳐 보였다. 킹이 그려진 카드였다.
"……"
악마는 손에 쥐고 있는 카드 아무거나 꺼내 내려놓았다. 신하 카드였다.
"내가 이겼네~"
파리프나가 악마의 신하 카드를 담요 밖으로 치웠다.
"이번에는 내 차례~"
파리프나는 귀족 카드 한 장을 꺼내 내려놓았다. 파리프나가 카드를 내려놓자 악마도 카드를 내려놓았다. 같은 귀족 카드였다. 파리프나가 또다시 카드를 내려놓았다. 이번에도 귀족 카드였다.

"……"
악마도 있는 카드 아무거나 내려놓았다. 킹이 그려진 카드였다.
"이런~ 내가 졌네."
"……"
두 사람은 그렇게 카드 게임을 다섯 판을 했다. 세 번은 악마가 이기고 두 번은 파리프나가 이겼다. 파리프나가 웃으며 말했다.
"뭐야~ 너 대충 둔 거 맞아~?"

'끄덕'

"알았어 ~"

파리프나는 이번에는 여러 가지 색이 있는 투명한 구슬을 가지고 와서 보드 위에 올려놓았다.

"이 구슬을 이용해서 같은 색으로 세모를 많이 만드는 사람이 이기는 거야 ~ 그리고 별 같은 경우에는 한 개만 먼저 만들어도 이길 수 있어 ~ 서로 세모를 만들지 못하게 방해하면서 자신은 만드는 거지 ~ 방금 전 게임에서 네가 이겼으니까 이번에 먼저 해 !"

파리프나와 악마는 구슬 게임을 시작했다. 악마는 시작한 지 얼마 안 돼서 세모를 금방 만들어냈다. 하지만 파리프나도 만만치 않았다. 파리프나는 금방 세모 여러 개를 만들어놓고 별을 만들 준비를 하고 있었다.

"……"

악마는 파리프나가 만들려는 별을 방해했다. 파리프나는 악마의 방해에도 별을 만들어갔다.

"와! 별 만들었다 ~ 내가 이겼다 ~!"

파리프나는 악마의 방해에도 이겨서 기뻐하며 손을 위로 쭉 올렸다.

"……."

파리프나는 기뻐하다가 보드 위에서 무언가를 발견했다.

"어? 이거, 네가 먼저 별 만들었었어??"

악마는 파리프나가 별 만드는 것을 방해하며 방해하는 구슬로 자신의 별을 먼저 만들어낸 것이었다.

"뭐야 ~! 이겼으면 이겼다고 말하지! 난 또 내가 이긴 줄 알고 좋아했잖아 ~"

"……."

"근데 셔월, 너 정말 대단하다. 한 번도 해보지 않았다면서 습득력이 이렇게나 좋을 수가 있어...?"

두 사람은 구슬 게임을 세 판 하여 두 번은 파리프나가 그리고 한 번은 악마가 이겨 파리프나의 승리가 되었다. 두 사람은 구슬 게임이 끝나자 악어 게임, 미로 탈출 게임, 그 밖에 다른 게임을 계속하였다. 그리고 아홉 번의 게임 중, 악마는 다섯 번 승리하고 파리프나가 네 번 승리하였다.

"이겨서 축하해~! 재밌다~ 오랜만에 이렇게 누구하고 보드게임 하면서 노니까 좋은데~? 우리 게임도 끝났는데 여기서 책 보지 않을래?? 여기 재밌는 책 많이 있어~"

"....."

파리프나는 악마를 데리고 책장 앞으로 갔다.

"너, 인어공주 읽어봤어? 나 이거 어렸을 때 제일 좋아하는 책 중에 하나였거든~"

악마는 파리프나가 손에 들고 있는 책을 아무 말 없이 쳐다보았다.

"너 이거 안 읽어봤어??"

"응."

"뭐야...? 너 지금 대답한 거야...?"

앞서 이름 말할 때를 제외한 모든 물음에 연신 고개만 끄덕이던 셔월드가 처음으로 자신의 물음에 고개를 끄덕이는 것이 아닌 대답을 하자 파리프나는 기분이 좋았다. 그리고 동시에 파리프나는 인어공주를 읽어본 적 없다는 셔월드가 참 신기하게 느껴졌다.

"이거 되게 재밌는데 이리 와 봐, 읽어줄게~"

파리프나는 아이보리색 소파에 앉아 악마에게 인어공주 소설을 읽어주었다.

"……"

악마는 파리프나가 책 읽는 모습을 바라보고 있었다.

"그래서 인어공주는 행복하게 살았답니다. 끝! 어때?! 재밌지~"

'끄덕'

악마가 고개를 끄덕였다.

"넌, 참 말이 없는 거 같아~"

파리프나는 목석 인형 같은 셔월드를 향해 재밌다는 듯이 가볍게 웃었다.

그리고 그런 파리프나를 바라보는 악마의 눈썹이 살짝 움직였다.

"나, 이 책도 좋아해~ '벤자민 버튼의 시간은 거꾸로 간다' 한번 읽어볼래~?"

파리프나는 악마와 함께 소파에 앉아서 책을 읽었다. 악마는 파란색 눈으로 책을 보았다. 파리프나는 책을 읽다가 가까이서 기척이 느껴져 고개를 살짝 움직여서 돌렸다. 그녀의 오른쪽 어깨에서 얼마 떨어지지 않은 곳에 악마의 얼굴이 있었다.

"……"

파리프나는 그를 쳐다보다 책에서 눈을 올린 악마와 눈이 마주쳤다. 신비로운 얼굴 완벽 그 자체였다.

"…… 근데 너 눈 색깔이 정말 특이한 거 같아? 혹시 렌즈 껴…?"

"……"

악마는 아무 말 없었다.

"음…??"

파리프나는 보고 있던 책을 옆에 내려놓고 몸을 완전히 돌려 악마에게 더 가까이 다가가 눈을 들여다보았다.

"아...."

악마는 움찔하며 얼른 뒤로 몸을 피했다.

"앗..!"

파리프나도 놀라서 가까이 갖다 대었던 얼굴을 뒤로 뺐다. 악마는 멍한 표정으로 파리프나를 뚫어져라 쳐다보았다. 파리프나도 아무 말없이 셔월드를 쳐다봤다.

"..... 아, 네 눈 색깔. 푸른색 맞구나 ... 정말 아름다워"

파리프나의 두 눈에서 아름다움의 끝을 바라본 인간의 표정이 묻어 나왔다.

"아...."

파리프나를 바라보는 악마의 눈빛이 가늘게 떨려왔다.

".... 아..? 너, 배 안 고파? 난 이제 조금 배가 고프려고 하거든 ~ 여기 있어봐. 내가 밑에서 먹을 거 가지고 올라올게!"

조금 당황한 파리프나는 악마를 2층에 두고 내려갔다.

'두근.... 두근....'

"........"

'죽여라.. 죽여라... 죽여라..! 죽여라...! 죽여라..!!'

악마의 심장 속에서 악의 외침이 반복되며 점점 소리가 커져왔다.

'어차피 저 애도 너의 힘이 두려워 호의를 베푸는 존재야 ~ 그리고 너는 그런 버러지들에게 재앙을 주기 위해 탄생한 존재이고. 감정이란 나약함을 뒤집어 쓴 인간들에게나 필요한 것이지. 우리 같은 존재들에게는 되려 독이야. 사실은 너도 이미 알고 있었잖아. 안 그래?

그 여자가 올라오면 바로 죽여버리면...!'

"셔월 ~ 먹을 거 가져왔어 ~!"

그때 파리프나가 문을 열고 들어왔다.

파리프나는 샌드위치와 홍차 에이드를 가져와서 테이블 위에 올려놓았다.

"먹자 ~"

"......."

파리프나는 샌드위치를 집어서 먹었다.

"응? 넌 왜 안 먹어? 여기!"

파리프나는 샌드위치를 들어 악마의 손에 쥐여주었다.

"....... 냠냠 .."

"헤헤 ..."

샌드위치를 다 먹고 나서 파리프나는 서재 안을 돌아다니며 악마에게 책을 구경시켜 주었다.

"참! 1층에도 책이 있는데 내려와 봐 ~"

파리프나와 셔월드는 1층으로 내려가서 책을 구경하며 있었다.

그런데 그때.

'덜컥!'

문이 열리는 소리가 들렸다.

"??? 넌 누구냐 ...?"

락소스와 서비가 돌아온 것이었다.

"아 ...? 엄마! 아빠 ~!"

파리프나는 부모님에게 달려갔다.

"무사히 돌아와서 정말 다행이야 ~! 전화를 받지 않아 걱정했어."

"그래 ~ 너도 잘 있어 보여서 다행이구나, 전화는 비가 오는 바람에 전파 방해를 받아서 터지지 않았던 것 같단다. 근데 ... 저 애는 누구지 ...?"

락소스가 악마를 가리키며 말했다.

"아?! 쟤는 셔월드야~ 사정이 있어서 어제부터 내가 집에서 재워줬어~"

"재워줬다고??"

"응! 지금 갈 곳이 없어서 딱히 다른 방법이 없었어. 그나저나 할머니는 어디 계셔??"

"아... 할머니는 몸이 좋지 않으셔서 공항에 내리시자마자 바로 병원으로 가셨단다."

"진짜?! 왜?? 어디가 편찮으신데??"

"넘어지시면서 허리를 다치셨어, 그래서 공항에 도착하자마자 바로 병원에 모셔놓고 돌아오게 되었단다. 크게 이상이 없으셔야 할 텐데..."

"그럼 어떡해~! 보호자로 아빠가 가 있어야 되는 거 아니야~?"

"먼저 파리프나, 네 얼굴부터 보고 가려고 집에 들렀단다. 근데... 저 애는 어디서 온 누구지..?"

"나도 잘 몰라, 그냥 우리 집 근처에서 돌아다니고 있길래 집으로 데려와서 어디서 사는지 물어보았더니 말을 안 하더라고.. 그래서 가족이 없다는 것 말고는 나도 잘 몰라."

"음... 그렇구나. 어린애가 사정이 참 딱하게 됐네..."

"그러게요. 어쩌다 가족도 없이 혼자 길거리에서 돌아다니고 있데요.."

"응, 그래서 쟤 도와주고 싶어. 어쩌면 뉴스에서 본 것처럼 위험한 일이 일어날지도 모르는데 저 애 혼자 있으면 위험할지도 몰라."

"음... 파리프나 네 말이 맞다. 주위 친족을 찾기 전까지 우리가 저 애를 돌봐주는 게 낫겠어."

"정말??"

77

"그래야지, 어린애가 가엾은 상황에 놓여있는데 그걸 보고만 있을 수는 없지 않겠니. 그리고 병원에서 할머니 치료가 어느 정도 되는 데로 바로 뉴질랜드로 떠나자."
"응, 할머니 어서 빨리 나으셔야 할 텐데…."
그렇게 악마는 파리프나의 집에서 지내게 되었다. 파리프나의 가족들은 생각보다 더 따뜻하게 셔월드를 대해주었다.
"너는 앞으로 2층 파리프나의 옆에 있는 방을 쓰도록 해라~"
락소스는 악마가 앞으로 머물 방을 알려주었다.
"……"
"참! 여보 뉴스 틀어봐요!"
"아!"
락소스는 싱크대에 있는 리모컨을 들고 와 TV를 틀었다. 마침 뉴스가 나오고 있었다.
"벌써 이틀째, 전 세계 어느 나라에서도 인명 피해가 없었습니다! 그동안의 일어난 일들에 대해 신의 장난이라는 말들과 사탄 혹은 악마의 소행이라는 말 등의 여러 가지 말들이 나오고 있습니다. 도대체 그동안 무슨 일이 일어난 건지 세계 각 나라에서 그동안 일어난 상황을 알아보고 있습니다!"
락소스와 서비, 파리프나 세 사람은 거실 소파에 앉아 TV에서 나오는 뉴스를 멍하니 쳐다보았다.
"…… 아, 정말 다행이에요~!!"
서비는 락소스의 손을 잡으며 기뻐했다.
"하~ 진짜 다행이오!"
락소스는 안도하며 파리프나와 서비를 껴안았다.

"정말 다행이다 ~!"

"......."

악마는 소파 뒤에 서서 물끄러미 TV 를 쳐다보았다.

"셔월! 어쩌면 전쟁이 안 일어날지도 몰라 ~! 정말 다행이지 ~?!"

"......."

악마의 시선은 TV 에서 기뻐하며 말하는 파리프나에게로 돌렸다.

"아 .. 아 ...."

악마는 다시 그녀에서 눈을 돌려 밖으로 나갔다.

"어 ...?"

'끼익 ..'

밖으로 나온 악마는 하늘을 올려다보았다.

"......."

"셔월 ..? 밖에서 뭐해?"

악마를 따라 밖으로 나온 파리프나가 그의 옆으로 걸어왔다.

"......."

'스윽'

악마는 고개를 파리프나에게로 돌렸다. 파리프나는 악마를 바라보며 미소 짓고 있었다.

그... 미소가 도대체 뭐길래, 자꾸만 ... 자꾸만 계속해서 ....

"나 ... 만약 전쟁 일어나지 않게 되면 학교도 이전처럼 다니고 이곳에서 여행도 많이 하면서 오렌지 카운티에서 계속 살 거야 ~! 너도 빨리 가족들을 찾아서 행복하게 살았으면 좋겠어 ~"

".............. 가족 ..."

악마의 입에서 작은 소리로 가족이란 단어가 새어 나왔다.

"정말 아무 일 안 일어났으면 좋겠다 ~"

"......."

악마의 눈은 파리프나에게서 떨어지지 못했다.

"셔월, 우리 추운데 그만 들어가자 ~"

파리프나는 악마의 손목을 끌었다.

".. 왜 도대체 ....."

악마의 마음속 외침은 파도가 되어 자꾸만 그의 마음을 쳐왔다.

무겁게 이젠 더욱 무겁게 .....

에필로그

"근데 여보, 저 아이 진짜 신비롭게 생기지 않았어요? 푸른색 눈이 꼭 요정 같아요."

"그러게 말이오. 나도 처음 봤을 때 너무 예쁘고 신비로운 아이가 우리 집에 있어서 깜짝 놀랐지 뭐요."

"잘된 것 같아요. 애 혼자 있으면 언제 위험이 닥칠지 모르는데 우리하고 짧은 시간이라도 함께 지내면 조금이라도 안전할 테니까요. 파리프나도 친구가 생겨서 좋아하는 것 같고."

"이렇게 집에서 함께 살다가 우리 아들 되는 건 아닌지 모르겠소~"

"어머~? 정말 그럴지도 모르겠네요~"

"……"

악마는 속닥속닥 이야기하는 두 사람을 쳐다보았다.

"어? 너구나~ 뭐 필요한 것 있으면 말해주렴~"

"네가 있고 싶을 때까지 집에서 편하게 지내거라~"

"……."

악마는 서비와 락소스를 바라보았다. 소녀와 닮은 두 사람.... 인간들은 이런 것들도 주는구나... 악마는 이런 걸 몰랐다. 아니, 알 수 없었다. 베풀다, 주다, 이 모든 것들이 새로웠다.

큰 문제다. 천천히... 그리고 느리게..... 마음속으로 들어온 온기는 빠지지 않고 그 자리에 머물렀다.

파리프나 ... 인류를 말살하러 지구로 온
나에게 따뜻하게 대해 준 여자아이 .
내가 왜 더 이상 인류를 죽일 수 없었는지 ,
내가 왜 네 곁에서 멀어질 수 없었는지 ..
이상한 감정 때문이었다 . 그리고 ...
그 이상한 감정 끝에는 항상 네가 서 있어 ......

5

혼란과 고통...그리고 그 보이지 않는 끝

악마는 파리프나를 따라 집으로 들어갔다.

"얘들아~? 너희들 점심은 먹었니?"

서비는 점심 준비를 하고 있었다.

"아니~ 아직 안 먹었어."

"그럼 스파게티하고 있으니까 15 분만 기다리렴~"

"응~"

"참! 너는 이름이 뭐니~?? 아직 이름도 물어보지 않았네~"

"........"

악마는 서비를 바라볼 뿐, 아무 대답도 하지 않았다. 그 모습을 본 파리프나는 자신이 대신해서 말했다.

"아~ 얘는 셔월드야 근데 나는 셔월이라 불러~"

"셔월드?? 이름 참 특이하다~?"

스파게티가 다 만들어지고, 가족들은 식탁에 앉아 식사를 했다. 악마도 함께.

"해물 스파게티가 입에 맞을까 모르겠구나~"

서비가 악마 앞으로 스파게티가 담긴 접시를 내려놓으며 말했다.

"음.. 이름이 셔월드라고 했지? 혹시 고향이 어디인지 물어봐도 괜찮겠니?"
락소스가 식사를 하던 중 악마에게 물었다.
"고향....."
악마는 락소스의 물음에 혼잣말을 중얼거렸지만 대답은 하지 않았다.
"......??"
락소스는 악마가 대답을 하지 않자 고개를 갸우뚱했다.
"아.....? 셔월은 원래 말을 잘 안 해~ 되게 조용하거든~"
파리프나가 끼어들어 그를 대신해서 말했다.
"아~ 그래? 하긴, 처음이니 어색할 수도 있겠구나~"
락소스가 포크로 스파게티를 돌돌 말며 말했다. 서비는 썰은 망고가 담긴 접시를 악마 앞으로 가져다 주었다.
"천천히 우리 가족하고 편해지면 그때 아줌마가 이것저것 물어볼게~ 오늘은 그냥 많이 먹으렴~"
"......"
'얌냠..'

식사가 끝나고 락소스는 샤워를 하러 욕실로 들어갔고, 서비는 방으로 가서 캐리어 정리를 했다. 그리고 악마는 TV 앞 소파에 앉아 있었다. 이때 뒤에서 파리프나가 악마를 건드렸다.
"잠깐 밖으로 나올래~?"
파리프나는 악마를 데리고 밖으로 나갔다.
"셔월~! 너한테 소개해 줄 애가 있어~"
파리프나는 살금살금 헛간으로 갔다.

"짠~! 내 친구 호시야~"

"......?"

"셔월, 내가 그동안 깜박하고 너한테 얘 소개를 못했어~"

파리프나의 말에 악마는 앞으로 다가가 호시로를 보았다.

"어때?"

파리프나가 악마의 손을 잡아서 호시로의 얼굴 앞으로 가져갔다.

"아....."

악마는 파리프나의 손이 닿자 자신의 손을 잡은 파리프나의 손으로 눈을 내렸다. 그리고 천천히 고개를 들어 그녀의 얼굴을 바라보았다.

뭐야..... 이 아이......?

'스윽..'

악마는 호시로의 얼굴 앞에서 멈칫거리며 손을 미세하게 움직였다.

"....."

호시로는 코앞에 악마의 손이 있자 코로 툭~ 건드렸다.

"......"

악마는 그대로 손을 들어 호시로의 머리 위로 천천히 올렸다.

'살랑~ 살랑~'

호시로는 짧은 말 꼬랑지를 달랑 ~ 달랑 ~ 흔들었다.

"히 ~ 어때? 우리 호시 예쁘지 ~~"

파리프나는 호시로의 얼굴을 쓰다듬었다.

"호시는 내가 12살 때 아빠가 장에서 사 온 애야 ~ 그때는 되게 작았어! 그래서 등에 타면 잘 걷지 못했는데 지금은 쌩 ~ 쌩 ~ 완전 잘 달려!"

"......"

'쓰담 쓰담'

"........ 너, 왜 나에게 잘해주는 거야."

"어...??"

말 한마디 없던 애가 갑작스럽게 말하자 파리프나는 놀랐다.

"이...."

"왜... 나에게 잘해주는 거야."

"아.... 나는 네가 혼자고 하니까 같이 있으면 좋을 것 같아서..."

악마가 파리프나에게로 눈을 돌렸다. 그리고 잠시 정적이 흘렀다. 그리고 그 잠시동안 악마의 머릿속으로 수만 개의 생각들이 헤집고 지나갔다. 그리고 파리프나는 또다시 악마의 눈빛에 이끌려 그의 눈에서 빠져나오지 못했다.

"파리프나 ~ 파리프나 ~ 어디 있니, 와서 엄마 좀 도와주렴 ~!"

이때 집 안에서 파리프나를 부르는 소리가 들렸다.

"어....? 가 ~! 셔월, 엄마가 불러서 나 집에 좀 갔다 올게!"

파리프나는 집으로 뛰어갔다. 파리프나가 가고, 악마는 그 자리에서 서 있었다. 그리고 그의 몸 전체로 전과는 비교조차 되지 않는 거대한 고통이 밀려들어왔다. 어떠한 생각들도 들지 않았고, 어떠한 소리도 들을 수 없었다. 원치 않는 뜨거움이 온몸으로 파고들어 왔다. 세상 그 무엇보다 하찮은 존재로 여겼던 인간의 감정이 이제는 자신을 공격하고 있는 것이었다. 악마는 고통의 눈빛으로 평지를 바라보았다.

".....하아."

.

.

.

.

.

.

'슈웅..!!!'

그리고, 하늘 위로 떠올라 감당할 수 없는 속도로 날아갔다. 빠르게... 정말 빠르게..... 날아갔다. 산, 강, 바다, 평야 전부 날아다녔다. 악마가 산을 지날 때는 산 전체가 흔들렸으며 강을 지날 때는 강물이 모두 메말라 버렸다. 바다를 지날 때는 바다가 절반으로 찢어졌으며 평야를 지날 때는 풀들이 전부 드르누우며 대지가 갈라졌다.

"큭... 크윽... 크으으으윽.....!!!"

혼란과 고통, 그리고 그 보이지 않는 끝에서 어떠한 답도 찾을 수 없었다. 그는 이대로 속도에 의해 온몸이 타버리기를 바랬다. 그러며...... 끝도 없이 멀어져 갔다.

시간이 지났고, 어두운 한밤중이 되어서야 악마는 파리프나의 집으로 돌아왔

다.

"셔월?"

파리프나는 집으로 들어온 악마를 보고 뛰어나가며 밀했다.

"너 어디 갔다 온 거야~! 한참 찾았는데 보이지도 않고!"

"……"

"엄마 아빠도 너 찾았어."

"셔월~ 이제 오니? 너 안 보여서 아줌마가 걱정했잖니."

"……"

악마는 땅바닥만 바라보았다.

"피곤할 텐데 씻고 올라가서 그만 자렴~"

"엄마야말로 어제부터 비행기 타고 왔다 갔다 하느라 고생했는데 어서 자~"

"엄마는 아빠 병원에서 지내는 동안 필요한 것은 없나 전화 좀 하고 잘게~"

락소스는 지금 파리프나의 할머니가 병원에 입원해 있어 보호자로 병원에 가고 집에 없었다. 서비는 전화를 하며 부엌으로 들어갔다.

"흠…"

파리프나는 양손을 골반 위에 올려놓으며 방으로 들어가는 엄마를 쳐다보았다. 그리고 악마를 바라보았다.

"셔월, 넌 안 피곤해?"

'.. 끄덕'

"음, 나도 딱히 피곤하지는 않네~

"셔월, 너 혹시.. 지금 잘 거야?"

'도리도리'

악마는 고개를 저었다.

"그래 ~? 나도 아직 피곤하지 않아서 잘 생각 없거든 ~"

"……"

"그럼 .. 우리 같이 놀지 않을래 ~?"

'…. 끄덕'

"좋아 ~ 그럼 나가자 !"

파리프나는 악마의 손목을 잡고 밖으로 데려갔다. 두 사람은 밖으로 나왔다.

"하아 ~!"

파리프나는 셔월드와 같이 밖으로 나오자 양팔을 벌리고 한 바퀴 뺑 돌았다.

"밤에는 잘 안 나오는데 이렇게 같이 나오니까 좋다 ~"

"……"

"셔일, 니는 예전에 ... 그러니까 어린 시절 뭐 하면서 지내왔어 ?"

"……"

악마는 고개를 돌려 파리프나를 바라보았지만 언제나처럼 대답은 없었다.

"나는 어렸을 때 엄마 아빠가 방에서 옛날이야기, 무서운 이야기 많이 해줬거든. 그때 정말 좋았어 ~ 그리고 집 안에서 유령 놀이와 술래잡기 했는데 그때 그 놀이가 너무 재밌었거든 ~ 난 형제는 없어도 너무 즐겁게 자라온 것 같아."

"……"

"셔월, 우리 저 ~ 기 올라가자 !"

파리프나는 산 앞에 있는 동산을 가리켰다. 악마는 파리프나가 가리킨 산을 보았다.

"따라와 ~"

그리고 악마의 손목을 잡고 언덕 위로 올라갔다. 한 5 분쯤 오르자 잔디가 깔린 언덕 위로 올라왔다.

"다 왔다.."

파리프나는 악마를 향해 고개를 획! 돌렸다.

"사실 너한테 보여줄 게 있어, 뭐냐면 ..... 짠~!"

파리프나는 하늘을 향해 손을 뻗었다. 그곳에는 반짝이는 별들 가운데로 푸른 빛과 붉은 빛을 섞은 아름다운 오로라가 허리를 비틀며 춤을 추고 있는 것이었다.

"아...."

"예쁘지~~!"

악마는 하늘에 있는 아름다운 오로라를 푸른 별빛 같은 눈으로 지그시 바라보았다.

"두 달에 한 번쯤 이렇게 하늘에 오로라가 생기거든~ 그래서 그때 이 언덕에 올라오면 가까이서 오로라를 더욱 아름답게 볼 수 있어."

악마와 파리프나는 아름다운 하늘을 올려다보았다. 조용히 하늘을 바라보던 악마가 입을 열었다.

"넌 ...... 내가 두렵지 않아?"

악마가 말을 하자 파리프나는 또다시 살짝 놀랐다. 파리프나는 악마를 바라보았다.

"어....? 음... 내가 널 왜 두려워해야 하는데~?"

돌아온 파리프나의 대답에, 악마는 거부할 수조차 없을 정도의 거대한 무엇인가가 자신을 휘감아 버리는 느낌을 받았다. 그리고, 처음으로 눈이 동그랗게 커졌다.

"....... 아... 아아.."

도저히 거부할 수조차 없었다. 너무... 강했다. 당장에라도 그 자리를 뛰쳐 나와야 하는데, 도망쳐야 하는데 어떠한 것조차도 할 수 없었다. 그렇게 강했던 악마는 지금 그녀 곁에서 단 1cm 도 도망칠 수가 없었다. 도망치기에는 이미 너무나도 강한 것에 묶여버렸기 때문에.... 파리프나는 악마를 바라보며 따뜻하게 미소 지었다.

"우리 같이 음악 듣지 않을래~?"
파리프나는 앞치마에서 스마트폰을 꺼냈다.
"참! 그리고 보니 너 스마트폰 없지?"
파리프나의 말에 악마는 3초 정도 그녀를 쳐다보다 고개를 끄덕였다. 그리고 그녀가 쥐고 있는 스마트폰을 쳐다보았다.
"... 너 혹시 이거 처음 봐..??"
'.... 끄덕'
"허... 정말?? 신기하다~ 보통 스마트폰 모르는 사람 없는데, 한번 봐봐~"
파리프나는 악마의 앞으로 자신의 스마트폰을 가져다 보여주었다.
"아....."
악마는 조금 신기하다는 눈으로 스마트폰을 바라보았다.
"자~ 이렇게."
파리프나는 천천히 스마트폰을 악마의 창백하고 하얀 손에 쥐여주었다.
"여기 가운데를 손으로 두 번 터치하면 핸드폰 화면이 켜져~ 그리고 여기 보이지, 이걸 손으로 이렇게! 클릭하고 원하는 걸 찾아보는 거야~"
"......"
악마는 물끄러미 스마트폰을 바라보며 만지작거렸다.
"우와~ 너 진짜 스마트폰 처음 보는구나?"

'끄덕'

"후훗 ~"

파리프나는 셔윌드가 재밌는 아이라는 듯이 쳐다보았다.

"우리 이걸로 노래 듣자 ~"

파리프나는 악마와 함께 잔디에 앉았다. 그녀는 주머니에서 하얀색 에어팟을 꺼내 악마의 귀에, 그리고 자신의 귀에 각각 하나씩 꽂았다. 그리고 Lauv 의 Getting Over You 를 들었다. 아름다운 음악과 하늘의 오로라는 너무나도 잘 어울렸다.

"오로라가 너무 예뻐... 그래서 나는 종종 저기 ~ 하늘 위로 한번 날아다녀 보고 싶어 ~"

"......"

"나중에 우리 엄마 아빠하고 다 같이 샌드위치 싸서 다시 여기 소풍 오자! 아 ~ 너무 좋다."

"....... 왜 나에게 잘해주는 거야."

악마는 아침에 했던 말을 똑같이 되풀이했다.

"어 ..?"

"나한테 왜 .... 나란 존재한테 도대체 왜 ..... 계속 잘해주는 거냐고 .."

악마의 눈동자가 어둡고 머나먼 허공을 향했다.

"...... 누구도 나에게 다가올 수 없었어, 모두 나를 두려워했으니까. 근데 .. 너는 ... 왜 .... 너는 왜 내가 두렵지 않은 거냐고."

허공을 바라보던 악마의 눈동자가 파리프나를 향했다. 파리프나는 따뜻한 눈빛으로 그를 바라보았다.

"그렇지 않아 ~ 모두에게 있어 넌 두려운 존재가 아니야 ~ 난 어둠에 겁이 정말 많아. 그래서 어두운 숲에는 잘 가지 않지, 근데 처음 널 이 숲에서 보았을 때 난 네가 두렵지 않았어. 난 이상하게도 처음부터 네가 가깝게 느껴졌거든~ 넌 나와 함께 있을 때도 항상 같이 놀아주고 내가 하자는 것이 있어도 다 따라주고 너는 그런 착한 아이야."
"아.. 아아....."

'샤아아아아'
악마는 파리프나에게서 눈을 뗄 수 없었다. 그녀의 주변이 모두 하얘지며 빛이 뿜어져 나옴을 느꼈다. 정말로 강력한 빛이... 그녀 옆에서 악마를 못 가게 붙잡고 있던 강력한 무엇인가는 이제 그를 완전히 그녀 옆에 봉인시켜 버렸다. 원치 않는 봉인이 아닌 정말로 간절히 남고 싶게 만들어버리는 그런 봉인을.....

에필로그

악마는 평소 입던 어둠 옷을 벗었다. 밝은색 옷을 입었다. 옷을 다 입자 그곳에는 악마가 아닌 아름다운 소년이 서 있었다. 사실 어둠은 옷이 아니었다. 그를 이루고 있는 한 가지였을 뿐이다. 하나만 바뀌었을 뿐인데 악마의 모습은 달라져 있었다. 식사를 했다. 식사는 존재 후로 한 번도 해본 적 없었다. 아니, 필요성을 못 느꼈다. 하지만 식사를 하는 모습은 그저 한 사람의 모습이었다. 잠을 자기 위해 작고 아늑한 방으로 들어갔다. 수면은 필요 없었다. 하지만 침대에 앉았고, 그 다음은 누웠다. 몇 시간을 눈을 뜬 채로 낮은 흰색 천장을 바라보았다. 같은 자세로 오래 있었는데도 지루함을 느끼지 못했다. 그러다 천천히 눈을 감았다.

.... 하지만 역시나 잠은 없었다. 휴식, 이것을 휴식이라 불렀다. 비 소리가 들렸다. 미세한 풀벌레의 움직이는 소리도 들렸다. .... 이상하게 평안했다. 평안, 평안...... 그래 평안한 감정이었다. 안에서 일어나던 그 무엇의 소리도 들리지 않았다. ......

.
.
.
.

.
.
.

움직임이 들려왔다. 악마는 눈을 떴다. 그리고 일어나 문을 열었다. 어두운 복도에는 아무도 없었다.

....

악마는 문 벽면에 비스듬히 비껴선 채 기대었다. 기다렸다. 10초 남짓 걸리는 시간이 길게만 느껴졌다. 천천히 ... 나오는 소리가 들린다. 한 걸음 ... 두 걸음 .... 천천히 걸어 나오는 소리.

그렇게 잠시 뒤 .... 소녀가 걸어 나왔다. 주인을 기다린 악마는 고개를 돌려 소녀를 바라보았다.

6

인간과 닮아가는 악마....

"뉴스 속보입니다! 이제는 삼 일째 전 세계 어느 나라에서도 폭파가 일어나지 않았습니다! 아직도 계속해서 알아보고 있지만 테러리스트의 흔적 또는 운석의 존재는 아직까지 찾지 못했습니다!"
"... 어후 정말 계속 이렇게 아무 일 없어야 하는데....."
서비는 초조하게 TV 만 바라보았다.
"......."
파리프나는 입에 칫솔을 물고 머리를 끈으로 묶으며 거실로 걸어 나왔다.
"뉴스에서 뭐래?"
"아직 원인을 알아내지 못했대. 알아보는 중이기는 하는데..."
"너무 걱정 마. 할머니 치료하셔서 거동할 수 있으시면 바로 이민 갈 거잖아~ 너무 초조해해도 건강에 안 좋아~"
그때 셔월드가 방에서 나왔다.
"어? 셔월~! 일어났어~?"
"어머? 셔월 일어났구나~ 잘 잤니~"
서비는 셔월드를 보며 미소 지었고, 파리프나는 2 층 난간 앞에 있는 셔월드를 향해 손을 흔들었다. 셔월드는 파리프나를 바라보며 눈빛으로 그녀에게 아침 인사를 했다. 그리고 TV에서 나오고 있는 뉴스로 눈을 돌렸다. 뉴스에서는 온통 자신이 만들어놓은 자국들이 TV를 통해 나오고 있었다.

"....."

셔월드는 그 모든 것들을 바라보았다. 정말로 엉망이었다. 아니, 너무도 처참했다. 너무도 많은 것이 무너지고 산산조각 박살 나고 목숨을 잃은 그 모든 것이 눈으로 들어왔다.

"....."

그의 눈동자는 고요했다. 하지만 속은 어떤 생각을 하는지 알 수 없었다. 셔월드는 TV에서 눈을 떼고 1층으로 걸어 내려왔다.

"여기~"

그때 파리프나가 셔월드에게 치약이 얹어진 칫솔을 건넸다.

"양치하라고~"

"아...."

셔월드는 파리프나가 건네는 칫솔을 받았다. 그에게는 목욕뿐만 아니라 입안을 청소하는 양치도 전혀 필요가 없었다. 인간과는 근본부터가 다른 존재니까.

"너 혹시 양치질 몰라??"

셔월드는 바닥을 보며 천천히 고개를 끄덕거렸다.

'... 끄덕'

"아.... 뭐 어때~! 자, 그럼 내가 가르쳐줄게! 아~ 해 봐!"

"아....."

"그치~ 그리고 입안에 칫솔을 넣고 이렇게~ 이렇게~ 쓱싹쓱싹 닦는 거야."

"아 ... 쓱싹쓱싹."

"응! 그렇게 ~ 잘한다 ~?"

"치카 ~ 치카 ~"

"흐흐흥 ~ 앞으로 그렇게 매일 일어나서 하면 되는 거야, 그럼 난 아침 준비하러 갈게!"

파리프나는 부엌으로 갔다. 세 사람은 아침으로 프렌치 크로크무슈를 먹었다. 아침 식사가 끝난 뒤, 파리프나는 설거지통에 그릇을 담아놓고 셔월드한테 다가갔다.

"셔월! 우리 호시 밥 주러 갈래?"

"호시 ...? 아, 어제 걔 ..."

"응 ~ 어제 본 내 친구!"

"......"

셔월드와 파리프나는 당근과 오이 양상추를 바구니에 담아 밖으로 나가 헛간으로 갔다.

"자 ~ 셔월이 한 번 줘봐 ~"

파리프나가 셔월드에게 바구니를 들이밀었다.

"........"

셔월드는 바구니에서 당근을 꺼내 호시로 앞으로 가져갔다.

'찹!'

호시로는 당근이 입까지 오기 전에 목을 쭉 ~! 뻗어 당근을 낚아챘다.

"아아..."

호시로가 당근을 다 먹자 셔월드는 이번에는 오이를 꺼내 호시로에게 주었다.

"나도 줄래 ~"

파리프나는 셔윌드 앞에 있는 바구니에서 양상추를 꺼내 호시로에게 주었다.

"호시 얘도 셔윌 네가 우리 집에서 사는 내 친구라는 거 이제 알 기아 ~"

"친구....?"

파리프나는 호시로에게 먹이를 다 주자 셔윌드를 보며 말했다.

"셔윌! 우리 헛간 청소 같이할까?"

'끄덕.'

여느 때처럼 셔윌드는 고개만 끄덕였다. 그가 할 수 있는 최고의 긍정 표현이었다.

"고마워 ~"

파리프나와 셔윌드는 헛간으로 들어갔다. 헛간은 갈퀴와 연장 등을 보관해 놓는 곳이지만 호시로가 지내느라 마구간으로도 함께 사용하는 곳이었다.

"셔윌, 우리 먼저 바닥에 있는 건초하고 잡동사니들을 치워놓자 ~"

'끄덕 ~'

셔윌드와 파리프나는 바닥에 있는 건초와 물건들을 각각 다른 수레에 나누어서 정리했다.

'쓱싹 ~ 쓱싹 ~'

"아휴 ~ 이거 생각보다 물건들이 많이 어질러져 있네 ~ 정리하고 다 하는데 몇 시간은 걸리겠다."

".........."

'쓱싹쓱싹 ... 쓰싸사사사사사삭 ....!!!!'

"랄라 ~ 어? 이어??"

파리프나는 건초를 치우다 뒤를 돌아보고 깜짝! 놀랐다. 자신의 뒤에는 이미 정리가 다 끝나 있었기 때문이었다.

"뭐야...?? 그 많던 물건들이 언제 다 치워진 거야..??"

'...... 쓱싹 쓱싹'

"셔월? 네가 다한 거야??"

"어."

"와.. 와아~?! 진짜~?? 어떻게 이렇게 빨리했지??"

"……"

"사람 둘이 정리해도 네 시간은 족히 걸리는데... 청소 시작한 지 10분 만에 어떻게 정리가 거의 다... 생각보다 물건이 그리 많지 않았었나..?"

"……"

셔월드는 아무 말 없이 파리프나 옆으로 다가와 그녀 앞에 있는 물건들의 정리를 도와주었다.

'슥싹 슥싹'

그렇게 바닥의 물건들은 정리가 다 되었고, 헛간은 순식간에 말끔한 모습을 되찾았다.

"셔월! 거기 호스 좀 이쪽으로~"

'촤아아악~!'

"아하하~ 물 튀잖아~!"

셔월드와 파리프나는 호스로 물을 뿌려 마무리 청소를 하였다.

"셔월~ 셔월~ 이쪽으로!"

'촤아아악~!!'

"아~! 물 튀어~"

'촤아악~'

"셔월 ~!!"

파리프나는 자신이 들고 있는 호스에서 나오는 물을 손으로 쥐어 셔월드에게 뿌렸다.

"에잇 ~"

'촥 ~!'

"아..!"

셔월드는 파리프나를 바라보며 얼굴에 튄 물을 손으로 닦았다.

"흐흥 ~ 셔월, 내 물맛이 어떠냐 ~?"

"......"

'촥 ~!'

셔월드는 파리프나를 바라보며 똑같이 손에 물을 쥐어 그녀에게 뿌렸다.

"꺅 ~!"

파리프나는 도망 다녔다.

"셔월, 너 ~!"

파리프나는 셔월드를 향해 호스로 물을 뿌렸다.

'촤아아악 ~!!'

셔월드도 옆에 있는 호스를 집어 파리프나를 향해 물을 뿌려댔다. 그리고, 그러며 있는 셔월드의 입가에 미소가 지어져 있었다.

"까르르깔깔 ~ 셔월 너 이런 장난도 칠 줄 아는구나 ~!"

"하하.. 하.... 하하하 ~"

셔월드는 처음으로 파리프나를 바라보며 웃었다. 그가 존재한 후로 처음으로 웃는 웃음이었디. 셔월드는 파리프나와 같이 있으며 그녀와 함께 생활을 하는 것에 계속해서 익숙해지고 있는 것이다. 그녀와 함께 밥이란 것을 먹고 잠

이란 것을 자고 같이 TV를 보고, 어울려 함께 놀고... 지금 그의 모습은 세상을 없앨 살인귀 악마가 아닌 그저 평범한 한 소년의 모습이었다.

"와아~ 청소 끝!"
파리프나와 셔윌드는 물청소로 헛간 청소를 마무리 지었다. 파리프나는 박수를 치며 좋아했다.
"셔월! 우리 청소 끝났는데 같이 시내로 나가지 않을래~? 엄마가 오늘 저녁거리하고 이것저것 필요하다고 하셨거든~"
"그래."
셔윌드는 파리프나를 바라보며 고개를 끄덕였다.
"ok~! 그럼 옷만 갈아입고 어서 가자!"
파리프나는 집으로 들어가 셔윌드와 함께 옷을 갈아입고 밖으로 나왔다.
"우리 아빠 차인데 오래돼서 엄청 싸구려가 됐어~ 그래도 아직은 시속 200km 까지는 거뜬히 달릴 수 있어! 셔월! 차에 타~"
파리프나는 셔윌드와 함께 차에 올라탔다.
"음악 좀 틀게~"
"......"
파리프나는 골동품 오디오에 CD를 넣고 음악을 틀었다. 타이타닉 OST 중 하나인 로즈의 테마가 흘러나왔다.
'부르릉~!'
파리프나는 시내로 차를 몰고 갔다. 30분 정도 차를 타고 가자 번화가가 보였다.
"셔월! 너하고 이렇게 같이 나와본 건 처음이네~! 헤헤~ 우리 저기 마트 가자!"

셔월드는 신난 파리프나를 따뜻한 눈빛으로 바라보았다. 파리프나와 셔월드는 차에서 내려 백화점과 붙어 있는 대형 마트 안으로 들어갔다.

"카트!"

파리프나는 입구에서 카트를 하나 가지고 왔다.

'두리번~ 두리번~'

셔월드는 마트 안으로 들어오자 주위를 두리번거리며 보았다.

'시끌~ 벅적!'

마트 안은 밝고 반짝반짝 빛났으며 시끌벅적했다. 셔월드는 마트 안에 있는 사람들을 쳐다보았다.

"……"

"셔월! 우리 이거 사자~"

파리프나는 팥이 든 깡통을 가리켰다.

"……"

셔월드는 팥이 든 깡통을 쳐다보았다.

"어…? 뭐야? 너 이거 뭔지 몰라? 이건 팥이라고 하는 거야~ 하여튼 셔월은 석기 시대에서 왔다니까~"

"……"

"후훗"

파리프나는 깡통을 카트 안에 담고 셔월드와 카운터를 지나 매장 안으로 들어갔다.

"생선도 사고, 가재도 사고, 미역도 사고~"

파리프나는 이것저것을 카트 안에다 담았다.

"시식하세요 ~! 시식! 해물 전 세일합니다 ~!"

셔월드는 시시대 앞에서 서 있었다.

"어머머머 ~!! 세상에 ~ 남자애가 엄청 예쁘게 생겼네 ~~?? 이거 한 번 먹어보렴 ~! 맛있단다!"

 시식대 아주머니가 셔월드에게 먹어보라며 손짓을 했다.

"......."

셔월드는 아주머니와 해물 전을 번갈아 보았다. 그리고는 사람들을 따라 이쑤시개로 해물 전을 찍어서 입으로 가져갔다.

'냠...'

"어머.... 저 애 좀 봐봐, 진짜 잘생겼어 ~??"

사람들은 서서 시식하는 셔월드를 보며 말했다. 소문은 빨랐고 어느 새 셔월드 주위로 사람들이 그를 구경하러 몰리기 시작했다.

"와 ~?? 지인 ~ 짜 잘생겼어 ~! 비주얼 미친 것 같아 ~"

사람들은 셔월드 주위로 계속해서 몰렸고 심지어 어떤 여자들은 핸드폰 카메라로 찍으려 들었다. 이때 파리프나가 셔월드 뒤에서 달려왔고 사진 찍으려던 사람들은 파리프나가 오자 얼른 핸드폰을 주머니 안으로 집어넣었다.

"셔월 ~!"

파리프나는 뒤돌아보는 셔월드의 머리에 모자를 씌웠다.

"선물! 잘 어울려 ~"

"아아...."

셔월드는 들고 있던 해물 전을 떨어뜨렸다. 그는 먹는 것도 잊어버리고 파리프나를 바라보았다.

"해물 전 먹고 있었어?? 그럼 우리 이거 하나 살까 ~?"

파리프나는 해물 전을 카트 안에 담았다.

"아........."

셔윌드는 파리프나의 행동에 가슴속이 이상했다. 그는 천천히 자신의 가슴에 손을 얹었다.

"......"

"셔윌~ 뭐해?"

"아...?"

셔윌드는 파리프나가 부르자 파리프나에게로 뛰어갔다.

".... 뭐니 쟤는? 여자 친구야?"

"흥~ 별로 예쁘게 생기지도 않았구만~"

셔윌드를 둘러싸고 있던 여자들은 파리프나를 보며 별것 없다는(??) 듯이 비웃었다. 셔윌드와 파리프나는 사람들 사이를 빠져나와 매장 안을 돌아다니며 쇼핑을 했다.

"셔윌! 너는 뭐 갖고 싶은 거 없어~?"

파리프나가 무엇이든 당장이라도 사줄 듯한 자세로 셔윌드에게 물었다. 셔윌드는 그런 파리프나를 보며 말했다.

"이곳에 있는 것들은 아마 나에게 필요가 없을 거야."

"왜?? 왜 필요가 없는데?"

"나는 그것들을 사용하지 않은 채 살아왔거든. 그래서 사용하는 방법 또한 잘 모르고."

"에이~ 이제부터 배워나가면 되지. 넌 적응력이 좋으니까 금방 배울거야! 나는 예전부터 참~ 궁금했던 게 셔윌드는 그동안 어떤 세계에서 살아왔을까 하는 거야."

"······"

셔월드는 파리프나를 바라보았다.

"내가 살아온 곳은 ... 빛도 온기도 느껴지지 않는 곳이었어."

"아...."

"하지만 이젠 더 이상 그렇지 않아, 이곳 .... 좋아."

파리프나는 셔월드의 얼굴에서 미세하지만 분명한 미소를 느꼈다.

"아 ... 음 .... 그래도 그렇지 너는 참 욕심도 없다! 나는 갖고 싶은 게 한 트럭인데 그래도 사고 싶은 거 있으면 사~"

"그럴게."

파리프나와 셔월드는 카트를 몰고 2층으로 올라갔다.

"어! 저거 사야지~!"

파리프나는 포장된 냉동 낙지를 가져다 카트에 담고, 옆에 있는 아보카도 두 개, 고추장을 담았다.

"셔월, 오늘 우리 낙지 먹자."

'끄덕~'

파리프나와 셔월드가 쇼핑을 하고 있는데 저기서 어떤 여자가 파리프나와 셔월드를 쳐다보았다.

"파리프나..?"

그 여자는 파리프나에게 다가갔다.

"어머~ 너 파리프나 아냐~?"

"응..??"

파리프나가 돌아보자 그녀 앞에 같은 학교 다니는 같은 반 라유엘이 서 있었다.

"어..? 라유엘?"

파리프나와 라유엘은 같은 반이었지만 라유엘은 부잣집 딸이었고 파리프나는 부잣집 딸도 아닌 일반인이라는 이유로 상대를 하지 않았으며 말도 제대로 해보지 않은 사이였다.

"쇼핑 중~? 나는 옆 백화점에서 겨울옷 사러 왔는데~ 우연이네~?"

라유엘이 셔월드를 힐끔 쳐다보았다.

"근데 옆에 누구~?"

"아? 얘는 내 친구."

파리프나는 셔월드를 보며 미소 지었다.

"친구... 그래? 안녕~ 만나서 반가워~ 나는 파리프나와 같은 반 라유엘이라고 해~"

라유엘은 셔월드를 향해 미소 지으며 인사했지만 셔월드는 그녀를 완전히 무시해 버렸다. 라유엘은 자신의 인사를 무시한 셔월드를 바라보며 생각했다.

"짜식~ 시크남 콘셉트냐? 너도 속으로는 나같이 예쁜 애가 다가오니까 좋지~?"

라유엘은 셔월드를 향해 앙큼하게 미소 지었다.

"근데 라유엘 너 이번에 이민 가지 않았어? 아이미가 너하고 너희가족 모두 전쟁 때문에 이민 갔다고 말했는데?"

"아~? 그거 전쟁 아니라던데~? 몰랐구나~ 우주에서 수많은 양의 빛들이 지구 대기권을 뚫고 떨어져 내리는 과정에서 이곳저곳 쓸고 지나간 거래. 더 이상 지구로 떨어질 빛들도 없다고 하던데? 아 참~ 너는 이런 거 모르는 게 당연하겠네~ 우리 아빠 친구가 천문학 협회에서 일하는 우주 천문학자거든 ~ 그래서 좀 일찍 정보를 듣게 됐어~"

라유엘은 건방진 표정으로 파리프나를 쳐다봤다.

"아 ... 그렇게 된 거였구나 ... 지금 엄마, 아빠한테 알려줘야겠다!"

파리프나는 엄마 서비에게 전화로 라유엘이 말한 이야기를 그대로 전해줬다.

"정말??! 진짜 다행이구나~~!!"

서비는 기뻐하며 락소스한테도 말해줬다.

"그래~ 알았어 엄마. 나 지금 쇼핑 중이라서 조금 있다 전화 다시 할게~"

파리프나가 전화를 끊자 라유엘이 말했다.

"근데 얘~ 파리프나, 혹시 이 애는 어디 학교 다니니~?"

"응..? 그건 왜?"

"자! 자! 오늘 마지막 반짝 세일하고 있습니다~!! 앞으로 5분간만 목살이 한 근에 5달러! 반값 세일하고 있습니다!"

그때 셔월드를 궁금해하는 라유엘 뒤로 우렁찬 마트 직원의 목소리가 들렸다.

"어! 저거 사야 돼~!"

파리프나는 목살 사러 달려갔고 셔월드는 그녀의 뒤를 따라갔다.

"재수없어, 파리프나 저게 어디서 저런 초 꽃미남을 만났지? 흥...! 그래봤자 서민 따위가 나하고 비빌 수 있는 그런 레벨은 아니지~ 기다려, 네 친구 조만간 내가 뺏어줄 테니까."

라유엘은 그렇게 말했지만 질투가 나는 건 어쩔 수 없었다. 파리프나는 마트에서 장을 다 보자 셔월드에게 말했다.

"셔월! 마트에서 장 다 봤는데 우리 옆 백화점에 구경하러 갈까~?"

"그래~"

"좋아~! 어서 가자!"

파리프나와 셔월드는 백화점으로 갔다. 그리고 이것저것 구경했다.

"셔월! 이 옷 예쁘지~"

파리프나는 핑크색 코트를 들어 보였다.

"아..."

셔월드는 옷은 관심 없고 파리프나만 바라보았다.

"70 달러? 세일 들어가네~ 하나 사야지!"

파리프나는 핑크색 코트를 하나 사고 옆에 액세서리 매장으로 가서 구경을 했다. 셔월드는 파리프나가 가는 곳으로 따라갔다.

"어머머?? 세상에... 꽃미남!"

그리고 이곳에서도 지나가는 사람들뿐만 아니라 액세서리 매장 직원들까지 모두 셔월드를 쳐다보았다.

"셔월, 이거 어때~?"

파리프나는 벚꽃잎이 달려있는 귀걸이를 셔월드에게 보여주었다.

"예쁘지~"

"응."

"정말? 그럼 이거 사야지~ 참! 셔월~ 이리 와봐"

파리프나는 셔월드가 다가오자 그의 귀에다 해골 귀찌를 걸어주었다.

"짠! 와? 잘 어울리네~"

셔월드의 하얀색 피부와 회색 귀찌는 너무 잘 어울렸다.

"아아...."

파리프나는 좋다고 떠들었지만 셔월드는 그녀 손이 귀에 닿자 정지 화면처럼 몸이 굳어졌다. 너무 특별한 기분이었다. 얼음처럼 차갑다 여겼던 몸 안쪽에서 열기가 일었다.

"……"

"우리 친구 된 기념으로 귀찌 내가 사줄게. 실은 내가 그냥 해주고 싶어서~ 우리 쇼핑도 끝났는데 저기서 아이스크림 먹자."

파리프나는 셔월드와 함께 아이스크림 가게로 가서 아이스크림을 먹었다.

"냠냠~~ 맛있어! 그치?"

'끄덕'

'얌냠~'

파리프나는 아이스크림을 먹다가 셔월드의 아이스크림도 한 입 먹었다.

"너무 맛있어 보여서~ 너도 내 거 한 입 먹어"

'냠~'

"헤헤… 우리 앞으로 자주자주 이렇게 쇼핑 나오자~ 셔월드 하고 같이 나와서 쇼핑하니까 너무 즐겁다."

파리프나는 셔월드를 바라보며 배시시 웃었다.

"……."

"…….. 나도 너하고 같이 있어서 즐거워."

에필로그

"셔월, 우리 호시 저녁밥 같이 주자~"
파리프나는 부엌에서 신선한 채소들을 바구니에 많이 담아, 가지고 나오며 말했다.
'끄덕.'
셔월드는 파리프나와 함께 밖으로 나와 헛간 앞으로 가서 호시로에게 당근과 양상추 등을 번갈아 가며 주었다.
"셔월."
"응..?"
"너 호시 등에 한 번도 타본 적 없지."
"아....응."
"그럼... 오늘 한 번 타볼래~?"
".....??"
파리프나는 호시로와 셔월드를 데리고 집에서 조금 떨어진 평야로 나왔다. 붉은 해가 산 뒤에 걸려 있었다.
"자.... 이렇게 등을 쓰담쓰담 해주면..."
'털썩~'
파리프나가 호시로의 등을 천천히 쓰다듬자 호시로는 바닥으로 엎드렸다.

"잘했어 ~"

파리프나는 바람결에 살랑살랑 날리는 호시로의 갈기를 손으로 쓸었다.

"셔월, 이리 와! 이제 호시 등에 타면 돼 ~"

"근데... 우리가 같이 타면 얘 일어날 때 힘들지 않을까..?"

"아... 그 생각을 못했네."

"..... 내가 올려줄게."

"어..?"

'사락..'

셔월드는 파리프나의 양쪽 옆구리를 잡아 호시로 등 위에 가볍게 들어 올려 앉혔다.

"아........."

붉은 태양 빛이 두 사람 사이로 들어왔다.

"......"

"......"

파리프나는 아주 잠시 동안 시간이 느리게 흐르는 것을 느꼈다. 그녀는 아무 말 없이 커다란 녹색 눈으로 자신을 들고 있는 셔월드를 바라보았다.

"... 이제 내가 올라갈게."

셔월드는 공중을 짚듯 가볍게 뛰어올라 파리프나의 뒤에 앉았다.

"아..... 셔월."

파리프나는 다소 당황했다. 항상 매사에 수동적이었던 셔월이 이렇게 무엇인가에 있어 적극적으로 행동했다는 것에 당황스러웠으며 한편으로는 신기했다.

"......"

셔윌드가 자신의 앞에 앉아 있는 파리프나의 오른쪽 뺨 가까이로 얼굴을 가져갔다. 그녀의 목 부근에서 차가운 숨결이 느껴져 왔다.

"갈까....."

낮은 목소리가 그녀의 귓가에서 말했다.

"응..."

파리프나는 천천히 셔윌드와 함께 호시로의 고삐를 끌었다.

'다그닥 .. 다그닥 ... 다그닥 ..... 다그닥 ....!'

두 사람은 드넓은 평야를 달렸다.

"하 .. 하하 ... 히히히 ...!"

파리프나는 웃었다. 즐거웠다, 행복했다, 그저 이 상황이 너무 좋았다. 가끔씩 아주 잠깐 온전히 살아있음을 느낄 때가 있다. 순간의 아주 강렬한 느낌, 또는 자연이 주는 놀라운 한순간, 소중한 존재와의 한때가 그럴 것이다. 잠깐이지만 지금 이 순간을 살아있는 것이다. 파리프나 또한 그랬다. 아무 생각을 하지 않고 바람을 맞으며 셔윌드와 함께 달리고 있는 지금 이 순간, 온전히 살아있는 행복을 느꼈다.

'다그닥 ... 다그닥 ....'

너 지금 행복 ... 해 ....?

셔월드는 파리프나의 몸을 통해 그녀가 행복하다는 것을 느꼈다. 이게 행복이라고.... 처음 느꼈다. 그동안 잠깐씩 그녀 주위로 빛이 도는 것을 느꼈지만 '행복' 이것을 이렇듯 가까이서 완전히 느끼는 것은 오직 지금 이 순간이었다.

"아아......"

너무 이상하고.. 신비스러웠으며.... 아름다웠다. 그래서 바라보고 또 바라보았다. 휘날리는 그녀의 머리카락, 목덜미, 미소짓고 있는 그녀의 얼굴을...

'다그닥....'

파리프나는 천천히 고개를 뒤로 돌렸다.

"아...."

그곳에는 세상에서 가장 아름다운 한 남자가 자신을 바라보고 있었다.

"......"

"......"

달리는 호시 위에서 둘은 서로를 말없이 바라보았다.

"...... 셔월드, 너무 행복해."

파리프나는 셔월드를 바라보며 미소지었다.

"......... 나도 '행복' 해."

붉게 노을이 져가는 하늘 아래 두 사람은 지금 이 순간을 달리고.. 또 달렸다.

사랑한다는 말보다 더 강렬한 말이 있을까.
너를 보게 된 후로 내가 존재하는 모든 순간 모든 기억이 오로지 너였다.
그 밖에 모든 것은 무의미하다.
모든 것이 오직 '너 하나' 뿐이었으니까.
그래서 말하고 싶다.
사랑한다고 ..
사랑한다고 .....
사랑해 .... 파리프나.

7

라유엘의 욕심, 파리프나의 위기 그리고...옛날이야기

"셔월드 그놈이 지구로 간 지도 벌써 꽤 시간이 지났는걸~?"
"키키키킥..! 이미 다 황폐화 되었겠군~"
"제라토 녀석도 이번에 화웅성으로 가서 행성 전체를 전부 박살 내고 돌아왔다지~?"
"미친놈~ 그놈하고 셔월드 두 놈이 제일 과격하잖아~"
"키크크큭..! 셔월드 성격상, 지구도 아마 수십 조각으로 박살 나 있을 거야~"
"근데, 이놈 왜 아직도 안 돌아오는 거야~? 벌써 간지 시간이 좀 됐잖아?"
"네놈 성질이 너무 급한 거야~ 그놈 원래 천천히 피 말리는 거 좋아하잖아~? 아마 지금쯤 신나서 다 쓸고 다니느라 이곳 생각도 나지 않을걸~?"
"아~! 그럼 난 이번에 어디를 쓸러 갈까~?"
우주를 뒤덮고 있는 어둠, 그리고 그 우주의 어둠과 연결되지 않은 다른 공간에 존재하는 다른 세계의 어둠, 사악한 먹구름과 더러운 공기, 검은 산과 암흑의 성이 자리한 이곳, 지옥이었다. 그리고 그 지옥의 한 가운데에서 더러운 공기와 함께 만들어진 '악마'들이 모여 있었다. 악마의 피부는 창백하게 하얬으며 눈의 라인은 칠흑같이 검었다. 악마의 반 이상이 눈 흰자 안에 오직 점 하나만 있었다. 바라보기조차 괴로울 만큼 소름 끼치는 모습이었다.

"셔월드 그놈 어쩌면 지구 미생물들한테 되려 자기가 당한 거 아냐 ~? 그놈 실력이면 충분히 그러고도 남을 것 같은데 ~"

"네놈보다 못하겠냐 ~? 더럽혀지는 데 시간이 걸리겠지 ~ 키키킥 ..! 아니다 . 네놈이 갔으면 벌써 어둠덩이가 됐으려나 ~?"

"궁금해 미치겠단 말이야 ... 셔월드가 서 있는 곳의 존재 ... 그곳은 얼마나 더럽고 아름답게 망쳐졌을까 ..?"

.
.
.
.
.
.
.
.
.

.
.
.
.
.

'번쩍 !'

셔월드는 눈을 떴다 . 침대 위였다 . 밖은 어두웠고 머릿속에서는 방금까지 악마들의 목소리가 들려왔다 .

"아아 ..."

셔월드는 머리를 숙였다.

"........"

또다시 조용.

".... 하아 .... 으 .. 윽."

갑자기 머리가 아파졌다. 머릿속 안이 무엇인가로 꽉 메워져 버린 것만 같았다.

"흐으 ......"

셔월드는 몸을 일으켜 세워 침대 위에 앉았다.

"하아 ..."

조용.

"....... 셔월드 .... 너 .... 바보네 .."

알 수 없었던 기분, 알 수 없는 공기, 어둡고 조용했던 하늘은 그렇게 지나갔다.

- 다음날 -

파리프나는 아침 일찍 집 앞 채소밭에 나와서 씨를 뿌리고 있었다. 뒷마당에서 어슬렁거리던 셔월드는 파리프나를 보고 그녀가 있는 채소밭으로 걸어왔다.
"어? 셔월~! 왔어~?!"
파리프나는 씨가 든 봉지를 달랑달랑 흔들며 셔월드한테 손을 흔들었다.
"너는 나를 보며 항상 웃는구나."
셔월드는 그녀를 바라보며 차분하지만 어이없는 웃음을 지었다.
"이리 와서 이거 봐봐!"
파리프나는 씨를 덮고 있는 흙을 손으로 가리켰다.
"여기서 파란 싹이 조금씩 자라고 있어~"
셔월드는 파란 싹을 바라봤다.
"이거는 상추, 이거는 쌀, 이거는 보리, 그리고 이건 밀. 너도 여기에 씨 뿌려 볼래?"

항상 넌 행복하구나.

셔월드는 웃으며 설명하고 있는 그녀를 옆에서 바라보며 미소지었다.
"손 줘 봐~"
파리프나는 씨를 셔월드의 손에 몇 개 올려주었다.
"……"

셔월드는 파리프나가 건네준 씨를 한 번 보더니 파리프나를 따라 구멍 안에 씨를 톡 톡 집어넣었다.

"잘하는데~? 우리 나중에 이거 같이 먹자~"

파리프나는 셔월드를 칭찬한 뒤, 호미로 땅을 빅박 긁었다.

"돌 같은 게 있으면 채소 자라는데 방해가 되거든~ 그래서 이렇게 호미로 돌을 다 빼줘야 해, 한 번 해볼래?"

파리프나는 셔월드에게 호미를 건네주었다.

"……"

'박, 박'

셔월드는 파리프나가 한 방식대로 호미로 바닥에 있는 돌을 정리했다.

"잘하네~"

셔월드는 그녀에게 살짝 눈을 돌렸다가 다시 앞으로 고개를 돌렸다. 그리고 그런 셔월드의 눈 색은 밝아져 있었다.

"이제 이쪽은 끝났고, 저쪽만 남았네?"

파리프나는 앞마당으로 갔다. 그녀는 미니 삽으로 땅을 파내고 다른 씨 봉지에서 씨를 꺼내어 땅에 묻었다.

'탁, 탁'

"셔월, 너도 여기에 한번 해 봐."

이번에도 파리프나는 셔월드의 손에 씨를 몇 개 올려주었다.

"……"

셔월드는 파리프나가 준 씨를 땅에 넣었다.

"이게 나중에 자라면 이~ 따만해진다?!"

파리프나는 양손을 들어 크게 원을 그렸다.

"푸훗 ...!"

셔윌드는 그런 파리프나를 보며 웃었다.

"어 ..... 웃네? 네가 웃을 줄도 알아~?"

"그럼, 너는 내가 하도 조용해서 아무것도 못하는 줄 알았구나...?"

"응! 조금~ 헤헤..."

파리프나는 셔윌드와 함께 지내온 시간이 점점 길어질수록, 그에 대한 마음도 계속해서만 커져갔다. 처음에는 셔윌드의 가족들이 나타날 때까지 잠시동안 같이 집에서 지내려 했던 마음은 어느샌가 셔윌드가 자신의 집에서 같이 살았으면 좋겠다는 마음으로 바뀌어 있었다.

"셔월, 아...... 혹시라도 나중에 친족들이 나타나지 않게 된다면 그때는 나하고.... 여기서 계속 살면 안 될까?"

"아...."

셔윌드의 눈이 커진 채 파리프나의 눈을 뚫어져라 바라보았다.

"같이 살자고..?"

"응... 나는 셔월하고 지금처럼 여기서 이렇게 계속 같이 살았으면 좋겠거든..."

"나.. 난... 나는 ....."

셔윌드의 눈은 길을 잃은 채 흔들거리며 바닥으로 향했다가 다시 파리프나를 바라보았다.

'두근...! 두근...!'

흘릴 수 없는 식은땀이 흘러내렸다. 심장이 빠르게 뛰었다. 셔윌드는 당황한 표정으로 주춤거리며 그녀 앞에 서 있었다.

'헉..!'

그러다 셔월드는 파리프나의 옆을 지나쳐 뛰어가 버렸다.

"어..?! 셔월..!"

파리프나가 불렀지만 셔월드는 파리프나의 말을 무시한 채 뛰어가 버렸다.

'탁탁탁!'

'안 돼... 안 돼...! 너는 절대 그녀 곁에 있어서는 안 되는 존재야. 지금 여기까지도 너무 많이 왔어. 그녀는 너에 대해 아무것도 몰라. 네가..... 악마인 것조차 모른다고! 하지만... 너는 그 애 옆에 있고 싶어서 그 애에게 모든 것을 숨겼어. 그치?'

'우뚝.'

"......."

셔월드는 또다시 자신을 돌아보게 되었다. 결국 자신은 지구에서 머물 수 없는 존재인 것을. 악마와 인간과는 함께 공존하며 살아갈 수 없는 존재라는 것을. 자신이 그동안 파리프나 곁에서 머물렀던 것 또한 원래는 옳지 않았으며 말이 되지 않고 해서는 안 되는 것인데... 그녀는 본래 맑고 깨끗한 인간이고 나는..... 본래 추악하고 더러운 악마니까.

뜨거운 불덩이가 또다시 아래에서 위로 올라왔다.

달리던 셔월드는 우뚝 멈춰 섰다.

"......."

셔월드는 뒤를 돌아봤다.

"그녀와......... 나는 어울리지 않아....."

지구를 망치려던 자신의 임무와 목표, 소신 파리프나와 지내며 전부 깨져버렸고 남아있는 것은 이제 불안정한 '악' 하나밖에 남아있는 것이 없었다. 이것마저 깨져버린다면.... 그것이 불가능하다는 것을 알고 있다. 하지만 자꾸

만 자꾸만 ... 온몸은 터질 듯이 고통스럽다 ....

" .... "

셔윌드는 고개를 돌려 자신을 비춰 보고 있었던 거울을 껐다. 그리고 그는 멈췄던 발을 다시 움직였다.

- 미국 천문학 협회 (AAS) -

"빛으로 추정되는 물질이 대기권을 뚫고 지구로 들어와 캘리포니아로 추락. 잠시 후 지구 주위를 빠른 속도로 돌아다니며 세계 곳곳 재해 발생. 다시 프랑스에서 멈춤. 그리고 또다시 튀어 나가 북한, 오스트레일리아, 러시아, 그린란드, 브라질 다섯 군데 나라 폭파. 그 뒤로 계속해서 지구 곳곳을 돌아다니며 나라 곳곳을 폭파. 하 ... 정말 도대체 이거 뭐야?"

"뭐긴 뭐겠어 ~ 빛이잖아, 유성으로는 도저히 불가능한 일이니까, 그거 말고는 설명할 무엇도 없고 말이야? 언론에는 적당한 기사 올려 내보내는 것이 좋겠어. 이게 자연재해 아니면 도대체 뭐겠느냐 말이야. 안 그래?"

천문학 협회 내에서 우주 천문학자들이 모여 이야기를 나누고 있었다.

"맞는 말이야, 도저 ~ 히 알아내려 해도 빛이 지구 외부로부터 대기권을 쪼개고 들어온 것 외에 다른 그 어느 하나 없는데 신이 악마를 보내서 이 상황을 만들어 놓은 것이 아니라면 이게 말이나 되는 현상이냐고. 그래도 정말 다행인 게 벌써 며칠이 지나면서 아무런 일이 벌어지지 않았다는 거야. 휴~ 진짜 난 처음에 지구 종말이 오는 줄 알고 정말 식겁해서 숨넘어가는 줄 알았다니까."

"나도 그 마음 마찬가지였어, 어휴... 이제 제발 아무 일 좀 안 일어났으면 좋겠다."

그때 레이더를 살펴보던 천문학자 한 명이 레이더가 가리킨 어느 한 지점을 보며 말했다.

"..... 그런데 말이야. 여기 보면 이 빛... 재해를 일으킨 뒤 마지막으로 멈춘 지점이 있어."

"뭐?? 그곳이 어딘데?"

"캘리포니아 오렌지 카운티 마을. 이곳에서 멈췄어 봐봐."

"어? 정말이네?!"

"뭐야? 왜 이곳에서 멈춘 거지??"

과학자들은 서로의 얼굴을 쳐다보았다.

"어이없어, 정말~"

라유엘은 머리카락을 만지며 차에서 내렸다.

"파리프나 그것이 언제 또 그런 미남을 낚았는지는 몰라도 지 주제를 알아야지~ 자기랑 그런 꽃미남이 어울린다고 생각했나? 하! 정말 웃겨~"

'또각! 또각! 또각!'

라유엘은 파리프나를 씹으며 미소를 지었다.

"후훗."

그리고 라유엘은 걸어서 파리프나의 집 앞에 다다랐다.

"참~ 구질구질하게 사네~?"

라유엘은 손목 세계를 내려다보았다. 저녁 8시 20분이었다. 라유엘은 머리카락을 다시 한번 만지며 파리프나의 집 주위를 두리번 보았다. 그때 불이 켜진 헛간이 눈에 들어왔다.

"호오~"

라유엘은 헛간으로 걸어갔다. 헛간 문은 5cm 정도 열려있었다.

'힐끔'

라유엘은 헛간 안을 들여다보았다. 그곳에는 셔월드가 있었다.

"어머? 쟤가 왜 여기에 있어...?"

셔월드는 헛간 벽에 기댄 채 서 있었다.

'똑똑똑'

셔월드는 헛간 문 두드리는 소리에 눈을 돌렸다.

"먼저 사람이 와 있었네?"

라유엘이 헛간 안으로 들어왔다.

"......"

"안녕 ~ 나 알지 ? 어제 마트에서 본 파리프나 '친구' 라유엘 ~"
셔월드는 갑자기 문을 열고 들어온 라유엘을 굳은 표정으로 눈만 돌려 바라 봤다.
"너 그때 걔 맞지 ~? 파리프나 '친구' ?"
"......."
"근데 .... 네가 왜 파리프나네 집에 있어 ? 이 늦은 시간에 둘이 만날 일도 없을 텐데 ...?"
"......."
"뭐야 ...? 둘이 뭐 사귀기라도 하는 거야 ?"
셔월드는 .... 썩은 악취에 기분이 좋지 않았다.
"아니지 ..? 설마 ~ 네가 파리프나 '걔' 랑 ?"
셔월드는 말없이 파란색 눈으로 라유엘을 쳐다봤다. 라유엘은 자신을 쳐다보는 셔월드의 앞으로 한 발 두 발 다가왔다.
"근데 말이야 ...... 전부터 느끼고는 있었지만 너 ... 눈 색깔 진짜 예쁘다 ..? 렌즈 껴 ?"
라유엘은 손을 셔월드의 얼굴 앞으로 가져갔다.
'타악 !'
셔월드는 자신의 얼굴 가까이 다가오는 라유엘의 손을 낚아챘다.
"어머 ? 까칠하기는 ~"
라유엘은 셔월드를 보며 씩 미소지었다.
"너 파리프나랑 사귀어 ?"
셔월드는 라유엘을 차갑게 쏘아봤다. 그녀에게서 뿜어져 나오는 검은 안개가 역겨웠다.

"하긴 ... 너 같은 애가 .... 그럼 나랑 만나보는 건 어때 ~?"

셔월드는 날카로운 눈으로 라유엘을 노려봤다.

"그때 마트에서 너 보고 마음에 들었거든, 너도 그때 날 보던 눈빛이 별로 싫어하지는 않는 눈초리던데 ~ 어때? 나랑 한 번 사귀어 볼래?"

'휙!'

셔월드는 자신의 앞에 있는 라유엘을 지나쳐 문 쪽으로 걸어갔다.

"어..?! 잠깐! 너 어디가? 나 아직 말 안 끝났어!"

라유엘은 셔월드의 앞을 가로막아 섰다.

"내가 별로일 리가 없을 텐데? 설마 ... 너 진짜 파리프나랑 사귀기라도 하는 거야?! 너 지금 그런 허접한 애 때문에 나한테 ...!"

'콰악!!!'

셔월드는 라유엘의 턱을 잡고 들어 올렸다.

"방금 뭐라 그랬어."

"컥!! 뭐야..?!"

'콰아아악 ...!!!!'

"뭐라 그랬어 ...?"

셔월드는 그녀의 턱을 으스러뜨리려 했다.

"히이익 ...?!!!"

셔월드의 눈빛을 본 라유엘은 겁에 질려버렸다.

"셔월?!"

그때 파리프나가 헛간 문을 열며 외쳤다.

"아..."

셔월드는 파리프나에게로 눈을 돌렸다. 놀란 파리프나의 얼굴을 본 셔월드는

라유엘의 턱을 움켜잡았던 손에서 힘을 풀었다.

"커억..!"

라유엘은 바닥으로 내려앉았다.

"라유엘 넌 왜 여기에 있고... 이게 다 무슨 일이야..."

"콜록..! 콜록...!! 으...! 엄마야!!!! 괴물...!!!"

라유엘은 겁에 질려 뒤도 안 돌아보고 헛간을 도망쳐 나갔다.

"....."

셔월드의 눈빛은 원래대로 돌아와 있었다.

"셔월...."

"미안........ 많이 놀랐지."

셔월드의 눈빛은 분노에서 이내 그녀에 대한 미안함으로 바뀌어 있었다.

"라유엘이... 너한테 뭐라고 했어...?"

"파리프나.... 너에게..... 감히 허접하다며 모욕을 했어. 그래서..... 참을 수 없었어."

"아아....."

파리프나는 말없이 셔월드를 바라봤다.

'셔월이 나 때문에... 날 위해서.... 그런 거였구나.'

그의 마음이 이해가 되었다. 파리프나는 셔월드에게 다가가 그의 손을 잡으며 말했다.

"셔월 미안해하지 마, 오히려 난..... 고마워."

"아....."

"셔월이 나 지켜준 거잖아, 정말 고마워."

셔월드는 파리프나가 자신을 향해 웃는 모습을 보자 기뻤다. 마음이 따뜻해졌다. 그래서 .... 행복했다. 두 사람은 손을 잡고 서로를 바라보았다.

아침이 밝자 여느 때와 같이 파리프나는 식사를 하고 바닥을 청소하고 뒷마당으로 나가 꽃과 채소, 밭을 가꾸고 집 앞으로 가서 심은 씨앗에 물을 주었다. 그리고 집으로 돌아와 코트를 입고 가방을 챙겼다.

"셔월, 나 서점 좀 갔다 올게~"

"아...응."

"금방 갔다 올게~"

파리프나는 옷을 입고 밖으로 나갔다.

'부르릉...!'

파리프나는 트럭을 몰고 집에서 좀 떨어져 있는 서점으로 갔다. 그녀는 판타지 소설들을 보다가 '소중한 그대라서' 라는 제목의 책을 보고 꺼내 읽었다.

"이거 재밌네~"

그녀는 읽고 있던 소설책 한 권을 골랐다. 그리고 책을 계산한 뒤 집으로 돌아가기 위해 밖으로 나왔다. 그녀가 자신의 트럭으로 가려고 건물 모퉁이를 돌았을 때였다.

"헤이~ 안녕 예쁜이~?"

불량한 얼굴에 담배로 쫙 찌든 남자 다섯 명 정도가 건물 모퉁이 옆에서 나오더니 파리프나의 뒤로도 여덟 명의 남자들이 걸어왔다.

"예쁜이, 여기서 뭐 해~ 이렇게 보니 제법 귀여운데~?"

"혹시 오빠들을 기다린 건 아니겠지? 우리 예쁜이가 기다린다면 이 오빠들은 여기서 하루 종일이라도 기다려주겠는걸~"

파리프나는 당황했다.

"이런~ 이런~ 우리 예쁜이가 아직 오빠야들의 마음을 받을 준비가 안 됐구나~ 걱정 마. 오빠야들 되게 착한 사람들이야~"

"아저씨들 뭐예요 ...!"

파리프나는 뒤로 주춤주춤 물러났다.

"요힛 ~! 우리 예쁜이, 이 오빠한테 오고 싶었구나 ~?"

파리프나의 뒤에 있던 나이가 파리프나의 두 배쯤 들어 보이는 남자가 말했다.

"큿 ...!"

파리프나는 가방에 손을 집어넣고 남자들이 자신을 괴롭히려고 하면 책을 들어 찍을 준비를 했다.

'다가와 봐...! 어디 다가와 봐...! 한 대 날려줄 테니까!'

파리프나가 속으로 외치는데 패거리 중 한 놈이 파리프나의 손목을 잡아 끌려고 손을 뻗었다.

"에잇!"

파리프나는 가방에서 책을 빼 들어 모서리로 양아치의 머리를 찍어버렸다.

'콰작..!'

"끄아악!!!"

양아치는 비명을 지르며 위아래로 펄쩍 뛰어올랐다.

"이...! 계집애가 여자라고 봐줬더니 ~!"

"앗..!"

파리프나는 다른 양아치가 자신을 향해 다가오자 책을 들어 양아치의 머리를 내려치려 했다. 하지만 그만 양아치의 손에 붙잡히고 말았다.

"두 번은 안 먹히지 ~!"

"웃...!!"

양아치들은 파리프나에게 다가오며 거리를 좁혀왔다.

"저리 가! 저리 안 가면 한 대 처맞을 줄 알아!"

"얼씨구? 어디 한 번 때려보시지..!"

양아치 한 놈이 파리프나의 멱살을 잡았다.

"꺅!"

파리프나는 발로 양아치의 정강이를 깠다.

"끄악!! 끄으....! 이 계집애가... 넌 이제 죽었어!"

양아치는 파리프나의 멱살을 잡고 벽으로 밀었다.

"크읏!"

파리프나는 도망가려 했다. 하지만 양아치들이 그녀의 앞을 가로막았다.

"어딜 가려고!"

양아치들은 양옆에서 파리프나를 밀었다.

"앗...!"

파리프나는 바닥에 풀썩 주저앉고 말았다.

"이 계집애! 감히 날 때려?? 넌 이제 죽었어."

그런데 그 순간.

'슥....'

'콰작!!!!'

"??"

"뭐.. 뭐야?!"

뒤에 있던 양아치 한 놈의 목뼈가 작살나는 소리에 모두 놀라 뒤를 돌아보았다.

'턱.

콰
자
자
자
자
자
자자자작 !!!!!!'

뒤돌아본 놈 중 가장 뒤에 있던 놈의 머리뼈가 박살 났고 그대로 척추가 뜯겨져 위에서부터 아래로 으깨지며 무너져 내렸다.

"으아아악 ..!!!!"

"저놈 뭐야 ..?!!!"

양아치들은 기겁했다.

"아 ..... 셔월 ..?!!"

셔월드였다.

셔월드는 파리프나가 서점으로 간 뒤 집에서 그녀가 돌아올 때까지 앉아서 기다리고 있었다. 그런데 그때 사악한 기운이 느껴져 왔고 그것이 파리프나한테로 이어져 가는 것을 보게 되어 그녀를 찾아 날아온 것이었다. 셔월드는 빨갛게 변해버린 두 눈동자로 양아치들을 쳐다보았다.

"이 .. 이런 ..!!"

"투칵 ..!!"

셔월드는 앞에 있는 양아치의 팔을 으스러뜨렸다.

"야 ..!! 야 ..!! 뭐해 ! 다구리 까 !!"

"죽여 !!!"

양아치들은 옆에 있던 각목을 집어 들고 셔월드에게 달려들다.

'슈욱'

'콰가가가과각 !!!!!'

'뚜칵 !!!'

'와직끈 !!!'

'꾸직 !!!'

'촤아아악 !!!'

'와자자자자작 ..!!!!!'

셔월드는 양아치들을 향해 악마의 손을 휘둘렀다. 감히 대적할 수조차 없는 손길이었다. 셔월드는 그들을 처참하게 갈기갈기 찢어 죽여버렸다. 아주 잔인하게...... 그녀를 건든 대가는 그 어떠한 무게보다도 무거웠으니까.

'쿠콰카카카칵 ...!!!!!'

눈에서 쏘아진 레이저는 사람의 몸을 젤리 뚫듯이 뚫어버렸다. 그리고 뚫어진 몸뚱이는 그대로 레이저에 꽂혀 셔월드의 눈동자에 따라 위로 들어 올려졌다. 이 모습을 셔월드의 등 뒤에 주저앉아 있던 파리프나는 보지 못하였다.

'위잉'

셔월드는 공중에 뜬 양아치를 바라보며 눈은 고정한 채 고개를 오른쪽으로 천천히 움직였다. 그 뒤, 수 km 의 하늘 위로 던져버렸다.

'쿠우우우우욱 ...?!!!!'

그리고는 .. 수 km 하늘 위에서 흔적도 없이 산산조각 불태워버렸다.

"아 .. 아아 ...."

파리프나는 두려워 몸을 떨었다.

"으 .. 으아아악 ..!! 살려줘 !!"

셔월드의 손에 팔다리가 한 쪽씩 박살 났지만 간신히 목숨은 살아남았던 양아치 두 놈이 셔월드 앞에서 살려달라 빌었다. 셔월드는 그들을 바라보았다.
'씨익'
웃었다. 그리고 이어서 그들을 향해 손을 들어 올렸다.
"꺄악..!!"
그때 파리프나가 비명을 질렀다.
'우뚝'
셔월드는 그녀의 비명을 듣자, 들어 올렸던 손을 멈췄다.
"윽.. 흐윽.... 흐으윽...."
파리프나는 두려움에 주저앉은 상태로 일어나지도 못한 채 떨고 있었다.
'위웅'
빨갛게 변했던 셔월드의 눈 색은 이미 옅어져 있었다. 그리고 어느새 셔월드는 그녀의 옆으로 와 있었다. 셔월드는 파리프나의 얼굴을 살폈다.
"흑......"
파리프나는 눈은 감은 채 고개를 아래로 숙이고 있었다.
"아.. 아아......"
셔월드는 팔로 그녀를 감쌌다. 그리고 온전히 자신의 힘으로 파리프나를 일으켜 세웠다. 그리고 그녀가 쓰러질 수 없게 자신의 가슴에 기대었다. 셔월드에게 있어 양아치들은 이미 관심 밖이었다. 셔월드는 파리프나의 팔을 잡고 자신의 몸에 꼭 기대어 놓았다. 그 후 그녀를 바라보았다.
"셔월....."
파리프나는 셔월드의 가슴에 얼굴을 묻고 이름을 불렀다.
"어... 나, 여기 있어..."

셔월드는 파리프나 앞으로 고개를 숙였다. 그리고는 자신의 한쪽 뺨을 파리프나의 머리에 가져다 댔다. 그리고 천천히 그녀의 머리에 뺨을 기대었다.

"이제 괜찮아...."

파리프나는 셔월드가 옆에 있자 마음이 안정되었다.

"셔월... 와줘서 고마워, 아까는.. 정말...... 너무 무서웠어."

셔월드는 파리프나의 머리를 손으로 쓸었다.

"두려워할 것 없어."

어느새 푸른색으로 바뀐 두 눈으로 셔월드는 파리프나를 바라보았다.

"응...."

셔월드는 파리프나가 완전히 안정되자 그녀를 데리고 집으로 돌아갔다. 파리프나는 셔월드가 있어 행복했다. 셔월이 자신 옆에 있는 것이 좋았다. 항상 자신을 바라보고 항상 자신이 가는 곳으로 따라오고, 지켜주고... 고마운 셔월, 파리프나는 잘못된 것인 줄 알았지만 이젠 자신도 모르게 셔월드가 가족을 찾는다고 해도 자신의 집을 떠나지 않기를 바라고 있었다. 그때부터였을까.... 그렇게 파리프나 그녀의 마음속에 셔월드라는 존재가 자리 잡고 말았다.

에필로그

한밤중 12 시 .

"셔월 , 너 지금 잘 거야 ?"

"........"

"아 ..? 난 지금 딱히 안 피곤해서 바로 잘 생각 없는데 , 혹시 너 지금 안 잘 거면 나랑 같이 놀면 어떤가 해서 ~"

"...... 같이 놀자고 ."

"응 ~ 그냥 너 안 잘 거면 ~"

"......"

셔월드는 파리프나 앞으로 다가왔다 .

"좋아 ~ 그럼 같이 노는 거다 ~?"

'... 끄덕'

"따라와 ~"

파리프나는 부엌에서 양초를 하나 가지고 2 층 자기 방으로 셔월드 를 데리고 올라갔다 . 그리고 형광등 스위치를 끄고 셔월드와 함께 침대 위로 올라가 평 평한 유리 접시를 침대 위에 놓은 뒤 , 그 위에 양초를 올려놓고 불을 붙였다 .

붉은 불빛이 타오르는 위에서 파리프나는 흐뭇한 미소를 지었다.
"예전에 엄마 아빠하고 같이 많이 했던 거야 ~ 옛날이야기 하기 !"
"....??"
"셔월, 너는 뭐 아는 옛날이야기 있어 ?"
셔월드는 고개를 천천히 저었다.
"난 많지롱 ~ 들려줄게 ~! 참 ! 여기서 중요한 키포인트는 작은 소리로 말해야 한다는 거야. 그럼 나 먼저 이야기한다 ~!"
"아....."
"따뜻한 숲속 마을에 하얀색 고깔모자를 쓴 여자아이가 살고 있었어요. 그 고깔모자는 진실의 모자였지요. 그러던 어느 날, 소녀는 잘못을 저질렀어요. 하지만 소녀는 잘못을 해놓고 뻔뻔하게 굴었어요. 고깔모자는 소녀에게 잘못을 인정하냐고 물었지만 소녀는 거짓말을 했어요."
'아니 ! 난 그런 적 없어'
"그 순간 소녀의 팔다리가 짜리몽땅 짧아졌어요. 소녀는 거짓말을 해서 벌을 받은 것이었어요."
'으앙 ~! 잘못했어 !'
"소녀가 고깔 모자에게 잘못을 했다며 사실을 말하자 모자는 소녀의 팔다리를 원래대로 되돌려놔 주었어요. 소녀는 씩 웃었지요. 얼마 뒤 소녀는 또다시 잘못을 저질렀죠. 가게에서 3 단 케잌을 훔쳤거든요."
파리프나는 바로 꾸며내는 이야기도 재밌게 잘 만들었다. 아무래도 어린 시절부터 부모님과 옛날이야기를 많이 꾸며낸 것이 한 몫을 한 것 같았다. 그리고 셔월드는 그런 파리프나의 이야기를 귀 기울여 듣고 있었디.
"그랬지만 소녀는 여전히 거짓말을 했어요."

'아니 ! 난 훔친 적 없어 !'

"모자는 거짓말을 하는 소녀의 코와 입을 없애 버렸어요. 코가 있어야 할 자리에 코가 없고 입이 있어야 할 자리에 입이 없자 소녀의 얼굴은 너무 밋밋한 얼굴이 되어 버렸어요."

'으앙 ~! 잘못했어'

"소녀는 잘못을 빌었어요. 모자는 소녀가 잘못을 뉘우치자 그제야 코와 입을 원래대로 가져다 놓았지요. 그 후로 소녀는 거짓말을 안 하는 착한 소녀가 되었답니다 ~! 하지만 ... 반전이 있었으니! 소녀는 시장에 모자를 마법의 모자라 속여 비싼 값에 팔아치웠고 그 돈으로 잘 먹고 잘살았답니다 ~!"

파리프나의 이야기가 끝나자 셔월드는 미소를 지으며 살짝 웃었다.

"재밌지 ~?"

"응, 이야기를 잘 만들어내네."

"정말 ?? 후훗! 어때, 이번에는 조금 무서운 이야기를 들려줄까 ~?"

"응."

셔월드는 눈을 반짝이며 고개를 끄덕였다.

"좋아 ~ 옛날 옛적 아주 먼 옛날 아름다움으로 몸을 치장한 어떤 한 여자가 있었어요. 그 여자의 이름은 맥시였으며 나라에서 가장 아름다운 여자였어요. 하지만 그녀는 오만하고 허영심으로 가득 차 있어서 아무리 보석을 가져도 끝없이 더 많은 양을 원했어요. 그러던 어느 날 그녀가 사는 마을에 어떤 아름다운 여자가 나타났어요. 그러자 그녀는 그 여인에게 질투가 났어요. 자신에 못지않은 아름다움을 가진 그 여자가 너무 밉고 싫어서 그녀의 얼굴이 망가져 버리기를 바랬지요. 그랬더니 정말 그녀 앞으로 악마가 나타나는 것이었어요. 악마는 말했어요."

'저 여자가 이 마을에 나타나는 바람에 네 인기가 반으로 줄어들어서 속상하지? 하지만 나는 마음만 먹으면 언제든지 저 여자의 얼굴에 손을 대서 세상에서 가장 추한 여자로 만들어버릴 수 있어~'
"그 말에 맥시는 외쳤어요."
'그럼 당장 그렇게 해 줘!'
"그녀의 말에 악마가 말했어요."
'대신, 너에게서 한 가지를 가져갈게~'
"그녀는 고개를 갸우뚱 저었어요."
'너의 아름다운 손을 나에게 줘.'
맥시는 잠깐 망설였지만 이내 외쳤어요.
'좋아! 나의 손을 너에게 줄게!'
"악마는 씩 웃더니 사라졌어요. 다음날. 온 마을이 떠들썩해졌어요. 아름다운 미녀가 한순간에 추한 외모의 외다리가 되어버린 것 때문이지요. 사람들은 망가져 버린 그녀의 얼굴에 다들 그녀를 멀리했어요. 그리고 그 모습을 맥시는 멀리서 지켜보았어요."
'우호훗~! 감히 나의 외모에 도전한 벌이다~'
"그렇게 웃으며 그녀는 자신의 손을 보았어요. 그녀의 손은 쭈글쭈글 주름이 잡힌 100세 노인의 손이었어요."
'칫! 그래도 이 덕분에 저 여자의 얼굴은 망가졌으니까~'
"맥시는 좋아하며 웃었어요. 하지만 얼마 뒤 그 마을에 이번에는 자신보다 키도 크고 날씬한 어떤 한 여자가 오게 되었어요. 그러자 맥시는 그녀에게 또다시 질투가 났지요. 그래서 악마를 불렀어요."
'열받아!! 나보다 키도 크고 날씬한 저 여자의 몸매를 세상에서 가장 추하게

만들어 줘!'

'좋아~ 대신 너의 아름다운 눈을 나에게 줘.'

"맥시는 잠시 망설였어요. 하지만 눈주름이 조금 생긴다고 자신의 불타는 미모에 큰 타격은 줄 수 없다고 생각했어요. 그리고 차라리 눈주름이 약간 생기고 그녀 몸매를 망쳐버리는 것이 더 이득이라고 생각했지요. 그래서 악마의 제안을 승낙했어요. 다음날 아름답기로 소문난 여자의 몸은 추하기 짝이 없는 몸으로 변해 있었어요. 그리고 그 모습을 본 맥시는 좋아하며 웃었어요. 하지만 거울을 본 자신의 얼굴은 자신이 생각했던 것보다 훨씬 심각한 상태였어요. 눈주름이 광대뼈까지 내려왔으며 두 눈은 힘없이 풀려 있었지요."

파리프나는 이야기를 하는 중간 셔월드를 힐끔 쳐다보았다.

셔월드는 여전히 눈부시게 아름다운 눈빛으로 흥미롭다는 듯 파리프나를 바라보며 있었다. 파리프나는 한 번 미소 짓더니 계속 이야기를 이어갔다.

"맥시는 자신의 얼굴에 충격을 받았어요. 그날은 하루종일 거울만 바라봤어요. 그러던 어느 날 그 나라에 세상에서 가장 아름다운 여자가 나타났어요. 그러자 이번에도 맥시는 악마를 불러서 소원을 빌었어요. 세상에서 가장 아름다운 여자를 세상에서 가장 못난이 추녀로 만들어 달라는 것이었어요. 그러자 이번에도 악마는 웃으며 말했어요."

'좋아~ 대신 이번에는 너의 남은 걸 내가 다 가져갈게~'

"맥시는 자신의 얼굴은 이미 망가지고 이제 더 이상 물러날 곳도 없다 생각했어요. 그래서 악마의 뜻에 찬성했어요. 하지만 그것은 맥시의 큰 실수였어요. 악마는 그녀의 인간의 삶과 자신의 악마의 삶을 바꿔버린 거예요. 맥시와 바꿔치기를 한 악마는 인간 세계로, 맥시는 악마들이 사는 지옥으로 떨어졌지요. 결국 과한 욕심에 눈이 먼 맥시는 영원히 악마의 세계로 떨어지고 만 것입니다. 끝~! 하지만 ...! 여기에도 반전이 있었으니 인간 세계로 온 악마는 좋아하며 띵까띵까 나날들을 보냈지만 생각보다 매일 같은 일상을 반복하다 보니 이제는 그다지 재미가 없었어요. 그래서 맥시에게 했던 것처럼 또 다른 인간을 찾아 장난치고 싶어졌죠, 그렇게 적당한 인간을 물색하던 중 어떤 한 인간이 눈에 들어왔어요! 그래서 악마는 그 인간에게 접근해서 자연스럽게 게임을 제안했어요."

'안녕, 우리 수수께끼를 내서 이기는 사람이 지는 사람에게서 아무거나 한가지씩 가져가는 걸로 하자! 어때?'

'좋아!'

"악마는 여유로운 미소를 지으며 소녀와 수수께끼를 시작했지만 첫판 시작과 동시에 소녀한테 져버렸어요. 악마는 놀라서 다시 수수께끼를 도전했지만 열 판 모두 완패하고 말았지요."

'깔깔깔깔~!! 내가 이겼네~?'

"결국 인간 세계에 온다고 지옥에서 꿍쳐온 돈까지 전부 날린 악마는 거지꼴이 되어 다시 지옥으로 돌아갔어요."

'우와~?? 이 돈 다 내 거다~!!'

"사실 소녀는 진실의 모자를 무엇이든 하는 마법의 모자라 속여 팔아치운 소녀였어요. 소녀는 이미 전에 진실의 모자와 싸우면서 잔머리 챔피언이 되었던지라 악마 정도는 쉽게 이길 실력자였던 거예요. 소녀는 모자 판 돈에 악마한테서 뜯은 돈까지 합쳐서 엄청 많은 돈으로 평생 잘 먹고 잘살았답니다~ 진짜 끝!"

이야기를 마친 파리프나는 셔월드를 보며 미소 지었다.

"어때 ~ 재밌었어 ~?"

"응 ~ 너무."

셔월드도 그녀를 보며 웃었다.

"그럼, 이번에는 셔월 네 차례야 ~"

"아아.."

파리프나의 말에 셔월드는 아름다운 눈만 깜박이며 있었다.

"옛날이야기 해보라고 ~"

"내 이야기는 별로 재미없을지도 모를 텐데 ..?"

"에이 ~ 무슨 상관이야 그냥 하는 거지 ~"

셔월드는 잠시 있다 입을 열었다

"..... 어둠이 덮인 곳에서 악마는 태어났어. 악마는 어둠을 좋아했지. 그래서 깨끗한 것은 전부 먹어치워 어둠으로 만들었어, 그들은 천사를 싫어했으며 그들의 존재를 경멸했어. 악마들은 천사 곁으로는 다가가지 못하는 존재니까. 그들 곁으로 다가가는 순간 악마는 그들의 빛에 의해 소멸되어 버리거든."

"아.. 아 ~"

파리프나는 셔월드의 이야기에 점점 빠져들었다.

"악마는 깨끗한 것을 더럽히려 계속해서 깨끗한 것을 찾으러 돌아다녔어. 그리고 모든 것을 파괴하고 오염시켰지, 그런데 ...."

'꿀꺽..!'

파리프나는 셔월드의 다음 이야기를 기다렸다.

"악마는 .... 천사를 만나고 말았어."

셔월드는 침대 시트를 내려다보며 말했다.

"... 결국 악마는"

셔월드는 말을 잇지 않고 멈추었다.

"뭔데? 그래서 어떻게 됐는데??"

"……"

"아이, 말해줘~ 그래서 소멸했어??"

셔월드는 파리프나를 바라보았다.

"... 악마는 자신의 정체와 의무, 목적 모든 것이 전부 사라져 버리게 돼. 그리고 결국 그 천사 곁을 떠날 수 없게 되어버려."

"정말?? 근데 그 악마는 천사 곁에 갔는데도 소멸하지 않았네??"

"……."

셔월드는 말없이 시트만을 바라보나 전전히 고개를 들어 파리프나의 눈을 바라보았다.

"……"

"……"

그리고 입을 열었다.

"소멸될 수조차 없이.. 너무.... 정말 너무 아름다워. 그것을 바라보는 것만이 자신이 유일하게 살아있을 수 있는 이유라서.."

"아아...."

파리프나의 눈이 초롱초롱 해지며 양볼이 붉게 물들어갔다.

'두근..'

"……."

작게 손뼉을 쳤다.

"정말 아름다운 이야기야. 셔월, 너하고 옛날이야기 하는 거 너무 재밌어…"

"나도."

셔월드는 파리프나를 보며 웃었다.

"헤헤~"

오랜만에 꺼낸 옛날이야기와 함께 그렇게 깊은 밤은 지나갔다.

"항상 넌 행복하구나 .... 그리고 그런 너의 모습이 날 미치게 해 ...."

8

악마 대 인간

인간들은 공포를 느끼는 두려운 존재에게는 다가가지도 못한다. 하지만 두려운 존재가 자신들을 해하지 않는다는 것을 알면 그때부터 그 두려운 존재를 공격하기 시작한다.

"저 ... 근데 셔월 너 아까 전에는 도대체 어떻게 된 거야 ...?"
방 침대에 앉은 파리프나가 셔월드에게 물었다.
".......?"
"아.. 그러니까 아까 전, 불량배들이 나 괴롭히려고 할 때 네가 그 사람들을 .... 혹시 그들 죽은 거는 아니지 ....?"
"......."
셔월드는 말없이 파리프나를 쳐다보았다.
"그 사람들 죽은 거야 ..?"
".... 안 죽었어."
거짓말이었다.
"하아아 ..... 깜짝 놀랐이, 난 그 사람들 죽은 줄 알고 정말 놀랐었거든."
"......"

왜 그들이 죽은 게 놀라야 하는 거지 ....?

셔월드는 파리프나의 눈에서 살인을 두려워하는 것을 느꼈다. 그래서 그녀의 마음을 이해 못 하면서도 거짓말을 했다.
"저 ... 근데 나 사실 아까부터 궁금한 게 하나 더 있었어, 내가 괴롭힘 당할 뻔했을 때 그때 너 .... 그러니까 그 사람들을 도대체 어떻게 한 거야 ....?"

"아...."

셔월드의 눈빛이 좌우로 움직이며 흔들거렸다. 그리고 아무 말도 하지 않았다. 파리프나는 말없는 셔월드의 얼굴을 계속 쳐다보았다. 셔월드는 자신을 바라보는 파리프나를 향해 다시 천천히 눈을 돌렸다.

".... 너를 괴롭히는데 가만둘 수가 없었어."

"뭐..."

셔월드는 파리프나를 바라보며 천천히 그녀에게 말했다.

"그 누구라도, 너를 괴롭히려 한다면 그것은 내가 가만두지 않을 거야. 그 누구라도."

"아...."

'화악..!'

셔월드의 말에 파리프나의 얼굴이 빨갛게 달아올랐다. 셔월드는 조금의 부끄러운 기색 없이 침대 위에 양손을 올리고 파리프나의 눈을 진지하게 바라보았다.

"아... 아아"

파리프나는 셔월드의 진지한 눈을 바라보며 난생처음으로 '따뜻한' 기분을 느꼈다. 부드럽고 평온하면서도 셔월드의 모든 감정이 바람결에 실려 흩날리며 본인을 향해 불어오는 것만 같았다. 다정한 감정. 그녀는 홍조가 가라앉진 얼굴로 셔월드를 바라보았다. 파리프나의 질문에 대한 답은 없었다. 셔월드 또한 그녀에게 자신의 정체를 숨기고 있으니 절대 말을 할 수 없었다. 아니, 말을 해서는 안 되는 것이었으니까. 하지만 파리프나에게 지금 그건 중요하지 않았다. 자신을 향하고 있는 셔월드의 마음을 이렇듯 직접적으로 받자 파리프나는 다른 생각은 아무것도 중요하게 느껴지지 않았다. 그저 이 순

간을 놓치고 싶지 않게만 느껴졌다. 둘은 계속 그렇게 서로의 눈을 바라보았다.

"다치지 않아... 무사해서 다행이야."

셔월드는 파리프나의 얼굴을 바라보며 미소지었다. 파리프나는 셔월드에게서 눈을 떼질 않았다.

너무 행복해서...

이대로 셔월과 함께.

이대로 파리프나와 함께.

이렇게 계속, 멈춰진 상태로 계속...

악마가 인간에게 처음으로 느낀 감정.

인간이 악마에게 처음으로 느낀 감정.

닿을 수 없는 닿아서는 안 되는 옳지 않은 감정은 서로에게 닿아버리고 말았다. 깊게... 그리고 더욱 따뜻하게....

- 다음날 -

"셔월 과자 먹을래..?"
파리프나는 행복한 미소를 머금고 셔월드를 향해 말했다. 셔월드는 고개를 돌려 그런 파리프나를 고요한 눈으로 바라보았다. 파리프나는 과자 봉지를 가지고 셔월드가 앉아있는 거실 소파로 갔다. 그 뒤, 그녀는 과자를 테이블 위에 올려놓고 소파에 앉았다.
"........."
"........."
파리프나와 셔월드는 말없이 앉아 있었다. 그러다 파리프나가 먼저 말문을 열었다.
"저... 셔월, 나 이제 곧 다시 학교 다니게 될지도 몰라."
"아... 학교....?"
"응, 전쟁이 일어나지 않게 되면 다시 다니려고 했거든."
셔월드는 파리프나의 말을 듣자 마음이 아팠다.
"파리프나, 미안해....."
"... 네가 왜 미안한데?"
"그냥 전부 다..."
"......?"
셔월드는 더 이상 말을 하지 않았다.
"넌 나한테 항상 고마운 존재인데 왜 미안해해, 그러지 마. 응~?"
파리프나는 웃으며 셔월드를 향해 말했다.

셔월드도 그런 파리프나를 바라보며 눈빛이 풀렸다.
"아 .... 그래서 난 이제 곧 학교를 ..... 근데 너는 학교 안 다녀?"

인간도 ... 아닌 존재가 무슨 학교인가.

셔월드는 아무 말 없이 파리프나를 바라봤다.
"음 ... 너도 나랑 같이 학교 다녀도 좋을 것 같은데 ~"
"그럼 .... 같이 다니 ..."
'똑똑똑!'
셔월드가 대답을 하는데 밖에서 문 두드리는 소리가 들렸다. 파리프나는 고개를 돌렸다.
"누구세요 ~?"
파리프나가 문을 열고 밖으로 나왔다.
"실례합니다만 경찰입니다. 뭐 좀 물을 게 있어 찾아왔습니다."
"네..? 무슨..??"
파리프나는 무슨 상황인지 몰랐다. 밖에는 경찰차 두 대가 서 있었고 과학수사대로 보이는 사람들 여덟 명 정도가 파리프나 집 근처를 수사하고 있는 것이다.
"사람들의 말로는 어제 눈에서 빛을 뿜는 사람을 봤다는 말이 있습니다. 그리고 그와 모습이 닮은 사람이 아가씨 당신과 같은 집에서 산다고 하고요."
"네 ...??"
파리프나의 눈이 동그래졌다.
"어제 KBC 건물 뒤 골목에서 살인 사건이 일어났습니다. 증인의 말로는 그

골목에 아가씨 당신도 있었다고 했고요."

"아...."

파리프나는 어제 일이 떠올랐다.

"성인 남성 열세 명 중 일곱 명은 살해당했으며 네 명은 행방불명 되었고 나머지 두 사람은 피를 흘리며 도주하다 얼마 못 가 과다 출혈로 사망한 것으로 나왔습니다. 그리고 살인하던 장소에서 아까 말했던 그 눈에서 빛을 내는 사람도 있었다고 하고요."

파리프나는 깜짝 놀랐다.

"그게 무슨.... 저도 그때 그 자리에 있던 사람이지만 그런 사람은 보지도 못했어요."

"살인 사건이 일어났는데 살인 장소에 있으면서도 왜 신고를 하지 않은 거죠?"

파리프나는 경찰의 말을 듣자 어지러웠다.

"........ 저는, 저는 몰랐어요... 살인으로 보이는 외상이 없어서...... 그래서 기절한 줄로만 알았어요."

"저번 뉴스에서도 들으셨겠지만 중국 산둥성에서 재해가 발생했을 당시 어떤 한 시민이 공중에서 빠르게 날아다니는 물체를 보았고 그것이 사람으로 추정된다고 진술한 바 있습니다. 그리고 이번에는 눈에서 빛이 나는 사람을 봤다는 말까지 들려오고 있고요. 일단 조사를 해 봐야겠습니다. 가족 관계가 어떻게 되시죠?"

"아버지, 어머니 그리고 병원에 계시는 할머니하고 네덜란드에 사시는 외삼촌이요."

"그럼 지금 집 안에 가족분들만 계십니까?"

"지금은 외출하시고 저하고 친구, 둘뿐이에요."

"친구요? 주변 주민들의 말로는 이 집에서 같이 산다고 하던데요?"

"아... 그게 사정이 좀 생겨서 같이 지내게 되었어요."

"그럼 그 친구는 어디서 온 친구인가요?"

"저도 얼마 전에 이곳에서 만나게 됐는데... 딱히 깊게 물어보지는 않아서 잘은 몰라요."

"알겠습니다. 일단 잠깐 나와보라고 말해주세요."

"저한테 말씀하세요. 그리고 제 친구는 그때 저를 괴롭히던 불량배들을 혼내주었지, 살인 사건과는 아무 관련이 없어요."

"그건 저희 경찰 측에서 조사하는 겁니다. 목격자의 증언도 있고 하니 일단 사건에 있었던 사람이 나와 말씀 좀 해 봐야겠습니다."

파리프나는 뒤돌아 셔월드가 있는 곳으로 갔다.

"셔월, 경찰이 너한테 뭔가 조사할 게 있다고 하는데 잠깐이면 되니까 겁먹을 거 없어~"

"....."

파리프나는 셔월드를 현관문 앞으로 데려갔다.

".... 이 사람인가요?"

경찰은 셔월드를 쳐다봤다.

"이 주변에 사는 목격자의 말에 따르면 당신이 어제 일어났던 살인 사건 장소에 있었던 사람 중 한 명이라고 하는데 사실입니까?"

셔월드는 경찰관을 아래부터 위까지 슥 훑어보더니 말했다.

"예."

"그럼 눈에서 빛을 쏘는 사람은 봤습니까?"

"아뇨."

"정말 .. 아무것도 못 봤습니까 ?"

"예."

경찰은 셔월드를 물끄러미 바라봤다. 그때 파리프나가 끼어들었다.

"이제 됐죠. 근데 저 사람들은 왜 저희 집 근처를 이렇게 수사하고 있는 거죠 ?"

파리프나의 물음에 경찰이 말했다.

"얼마 전 일어난 재해 사건도 같이 겹치게 되어 조사하러 왔습니다. 그때 날아다니던 빛이 이곳으로 떨어진 게 마지막이었는데요. 그 당시 이곳을 지나던 증언자의 말로는 이곳 집 앞에 빛이 떨어지고 나서 누군가가 있었다는데 ... 그 사람이 지금 이곳 집에 사는 당신과 얼굴이 비슷하다고 말합니다."

경찰은 파리프나와 말하며 눈은 셔월드에게로 돌렸다.

"........."

셔월드는 아무 말 없이 경찰을 바라봤다.

"당신 어디서 온 누굽니까."

"......."

셔월드는 여전히 말없이 경찰을 바라봤다.

"당신 뭐야, 어디서 온 누구냐고."

.... 알면 힘들어질 것을 인간은 왜 이렇게 어리석은 것일까.

셔월드는 아무 말 없이 경찰을 보았다.

"뭐야, 이거 수상한데? 혹시 너 테러리스트 아냐?!"

차에서 내린 경찰들은 셔월드의 주위로 몰려들었다.

"하는 말에 계속 대답이 없으면 서에 데려가서 조사할 수밖에 없어, 마지막으로 물을 테니까 대답하는 게 좋을 거야. 당신 어디서 온 누구야?!"

"....... 파리프나, 들어가자"

셔월드는 파리프나의 손을 잡고 집으로 들어가려 했다.

"가기는 어딜 가! 당신도 저놈과 한패 아냐?!"

경찰이 파리프나의 팔을 잡아끌었다.

"앗...?!!"

그 순간.

'터엉...!!!'

파리프나의 팔을 잡아당긴 경찰은 그 즉시 날아가 경찰차에 처박혀 버렸다.

'콰콰콱..!!!!!'

셔월드의 손에 맞은 경찰관은 차에 부딪히고 그 자리에서 기절했다.

"너...! 뭐야?!!"

모두가 놀란 눈으로 셔월드를 쳐다보았다.

"너 이 자식..! 테러리스트 맞네!! 체포해!"

"...... 파리프나, 잠깐만 들어가 있을래~?"

"뭐..??"

셔월드는 집 안에 파리프나를 조심스럽게 넣은 뒤 문을 닫았다.

"당장 손들어..!!"

경찰들은 셔월드를 향해 총을 겨누었다.

"........"

"순순히 손들어! 아님 발포한다!"

"......."

셔월드는 경찰들을 바라보았다.

경찰을 바라보는 셔월드의 눈빛은 평소 파리프나를 바라볼 때 하고는 180도 달랐다. 무표정이었지만 그 눈은 주위 존재들을 향해 뿜어내는 얼음처럼 차갑고 칼날보다 싸늘한 눈빛이었다.

"으.... 이이이윽..??!!!"

경찰들은 셔월드의 눈빛을 보자마자 발끝부터 시작해서 온몸으로 뻗쳐 올라가는 소름을 느꼈다. 본능적이었다. 경찰들은 감히 자신들이 대적할 수 없는 존재라는 것을 본능적으로 느껴버렸다. 그것은.... 너무도 거대하여 감히 먼지 같은 작은 생명이 올려다볼 수 있는 존재가 아니었다.

'부들... 부들...'

경찰관은 두려움에 몸이 얼어붙었고 사시나무 떨듯 손을 떨며 그대로 들고 있던 총을 바닥으로 떨어뜨렸다.

"지.. 지... 지원 바란다... 빨리 지원 바란다..."

차 안에 남아있던 경찰 한 명이 떨리는 목소리로 무전기에 대고 말했다.

'삐용! 삐용!'

곧 경찰차 세 대가 더 도착했다.

"꼼짝 마라!!"

"손들어!!!"

경찰차 위로 총을 겨눈 경찰관들이 셔월드를 향해 외쳤다.

'싸아아...!'

셔월드가 도착한 경찰들을 향해 눈을 돌렸다. 그 순간 셔월드를 바라보던 모든 사람들이 방금 전과 같이 얼어붙어 버렸다.

'덜 .. 덜 ... 덜덜 .....'

모든 이가 몸을 덜덜 떨었다.

'덜 .. 덜덜 .....'

그때 경찰관 사이에서 셔월드에게 총을 겨누고 있던 경위가 덜덜 떨리는 손을 주체 못 하고 그만 셔월드에게 총을 발사하였다.

'탕 ...!!'

'슈 ... 아악 !!'

총알은 셔월드의 얼굴을 향해 빠른 속도로 날아들었다.

'콰직 ..!!!'

정확히 오른쪽 눈에 맞았다. 하지만 일그러진 쪽은 총알이었다. 셔월드의 눈에 맞은 총알은 유압 프레스기에 수직으로 눌린 페트병 마냥 찌그러져 바닥으로 떨어졌다.

"저 .. 저런 미친 ..!! 쏴 ...!!!"

'탕 !! 탕 !! 탕 !! 탕 !! 탕 ..!!'

수십 개의 총알은 셔월드를 향해 쏘아져 날아왔다. 하지만 소용없었다. 전원 모두가 실탄에 있는 총알을 전부 발사했지만 셔월드의 몸은 스크래치 하나 나지 않았다.

"저 ..! 저런 미친 ..?!! 당장 서에 연락해 !!!"

경위가 외쳤다.

'슈욱 ...'

셔월드는 사신에게 총을 쏜 경찰들을 향해 손을 저었다.

'두콰카카카칵 ?!!!!'

170

셔월드의 손짓 한 번에 경찰들의 몸은 전부 반 토막이 나버렸다.

"끄아아아악....!!!"

"으아아악....!!!"

이 모습을 본 과학수사대원들은 모두 질겁하며 도망을 쳤다.

"사람 살려!!!"

"셔월! 셔월!! 괜찮아?!! 방금 총 쏘는 소리 들렸어!!"

안쪽에서 파리프나의 목소리가 들렸다.

"......"

셔월드는 마력으로 대문을 잠가버리고 파리프나가 있는 안쪽 문 손잡이는 부쉬버렸다. 그리고 앞을 바라보았다. 곧이어 열 대의 경찰차가 출동하였고 수십 명의 경찰이 파리프나의 집을 둘러쌌다. 그리고 벌어진 처참한 현장을 보았다.

"이런.... 이게 다 무슨...!"

땅바닥에는 처참하게 죽은 경찰들의 시신이 널브러진 채 있었다.

"발포해!"

'타다다다당!!!'

수십 발의 총알이 날아왔다. 셔월드는 날아오는 총알을 보며 웃었다.

그 순간, 날아오던 총알 전부 공중에서 타서 사라져 버렸다.

"히이익...?!!!"

모두가 입을 다물지 못할 때.

"흐으음..."

셔월드는 숨을 들이마셨다. 그리고 그 숨을 밖으로 내뱉었다.

'뚜우....!!!!'

어둠으로 들어찬 엄청난 공기가 밖으로 뿜어져 나갔다. 그리고 그 어둠 속에서 튀어나오는 검은 칼날에 의해 경찰들의 몸은 산산이 찢겨나갔다.

'촤아아악 ...!!!'

"으아아아악 !!!"

"크아아아악 ..!!!!"

"지 ...! 지원 바란 ....!! 아아아아악 ..!!!"

셔월드의 손에 산산조각 나버린 경찰들, 그리고 ... 곧 전국으로 퍼져나가게 된 소식.

"괴물 같은 존재가 지금 카운티 마을에서 무장한 경찰들을 전부 죽였다고 ...?! 뭐 이런 ...! 그놈 정체가 대체 뭐냐 !!"

"그것을 ... 저희도 알 수 없었습니다. 단지 인간 형태를 한 괴수로밖에 추정이 안 됩니다."

"뭐?! 인간의 형태 ..?"

육군참모총장 바이셀은 뉴스에서 언급했던 인간의 형태를 한 어떠한 존재에 대해 떠올랐다.

"뭐야 ... 혹시 그럼 그때 그놈이 이놈이라고 ..?? 크으으 ... 공군참모총장한테 속히 이 소식을 전해라 ! 그리고 지금 당장 그곳으로 가겠다 !"

'쒸이이잉 ..!!!'

곧이어 경찰 특공대와 뒤로는 탱크와 장갑차 전투기가 오렌지 카운티 마을로 몰려들었다.

'위이이잉 ~!!!'

셔월드는 공기를 가르고 날아오는 전투기의 바람을 맞으며 입술을 벌렸다.

"......."

"목표물 찾았다. 가정집 앞에 서 있는 소년으로 추정되는 자다."

전투기 조종사들은 셔월드를 향해 벌컨포를 조준했다.

"사령관님! 여기서 저자를 사살하기 위해 총을 쏜다면 뒤에 있는 집 또한 박살이 날 것입니다."

"저 괴물이 저 집에 산다고 들었다. 그럼 저 집에 사는 존재들 또한 같은 괴물이 아니겠느냐, 망설이지 말고 즉각 사살하라."

사령관의 명령이 떨어지자마자 빗발치듯 총알이 셔월드와 파리프나의 집을 향해 쏘아져 나갔다.

'두두두두두두두두두두..!!!!'

"……"

셔월드는 날아오는 총알을 향해 손을 들어 올렸다.

'쉬이익….!'

그 순간, 파리프나의 집 주위로 동그란 반원이 그려지며 그것은 날아오는 총알들을 전부 튕겨내 버렸다.

'타다다다다당..!!!!'

"히익..!! 저건 뭐야?!!"

전투기 조종사들과 사령관은 집 주위로 생긴 거대 반원을 보고 깜짝 놀랐다.

"포탄 준비!!"

탱크는 셔월드를 향해 포 홀을 겨냥했다.

"발사!"

'쾅..!! 쾅..!! 쾅..!! 콰와앙….!!!!!'

다섯 대의 포 홀에서 셔월드를 향해 포탄이 발사되어 날아왔다.

'….. 씨익'

173

셔월드는 웃었다. 그리고 눈을 돌려 날아오는 포탄들을 한 번씩 쓱 쳐다보았다.

'슈우우우우 ...!!!!! 우우우우우 ....'

포탄은 셔월드의 눈과 마주치자 그의 코앞 1m 앞에서 속도를 잃어버린 소리와 함께 멈춰 버렸다.

"......."

셔월드는 고개를 오른쪽으로 삐걱거리며 웃었다. 그의 눈은 천천히 포탄에서 탱크로 옮겨갔다. 그러자 셔월드를 향했던 포탄이 뒤에 있는 탱크를 향해 머리를 돌리는 것이다.

"히이이이이익 ..!!!!"

'끼기긱 ....'

씨익 ..

"?!!!!"

'쿠와아아아앙 !!!!!'

탱크로 날아간 포탄은 그 자리에서 탱크를 가격하고 200m 를 더 날아가 공중에서 폭파하였다.

"지원군 ...!! 지원군 바란다 !!!"

셔월드의 눈은 어느새 붉은색으로 바뀌어 있었다. 그리고 그의 눈빛을 본 군인과 특공대는 다시 한번 질겁해버렸다.

'위이잉 ..!!'

셔월드는 눈에서 히트 비전을 쏘며 특공대와 군인들을 죽여나갔다.

"크아아아악 ..!!!"

"으아아아악 ..!!!"

'두두두두두 ...!!!!!'
전투기는 군인들을 죽이는 셔월드를 향해 사방에서 벌컨포를 쏘아댔다. 셔월드는 한 손을 들어 올려 날아오는 총알을 전부 튕겨내 버렸다. 그 뒤, 전투기 또한 히트 비전으로 폭발시켜 버렸다.

'콰아아앙!!!!!'
"발사..!!!"
남은 네 대의 전투기가 셔월드를 향해 사방에서 동시에 벌컨포를 쏘아댔다.
'두두두두두두!!!!'
하지만 소용없었다. 셔월드는 공중을 향해 손을 그었고 총알은 셔월드가 그린 장벽에 부딪혀 전부 튕겨져 나갔다. 그 뒤, 셔월드는 입김을 불었다.
"히이...."
그러자 입안에서 보랏빛 먹구름으로 둘러싸인 어둠 속에서 악마들이 튀어나와 전투기에 달라붙었다. 그리고 사정없이 전투기를 부수며 군인들을 찢어 죽였다.
"크와아아와악..!!!!"
"망할..!! 당장 저 놈들에게 포를 발사하라!!"
장갑차는 전투기에 달라붙은 악마들을 향해 포탄을 발사하였다. 하지만 악마가 전투기에서 튀어 나가며 전투기만 포탄에 맞아 박살이 나버렸으며 또한 다른 악마는 오히려 날아오는 포탄을 잡고 함께 날아가 되려 장갑차를 폭발시켜 버렸다. 저항이 불가능할 정도로 강한 악마. 그리고 군인들은 그런 악마들의 손에 처참히 도륙 났다. 그때, 지원군들이 몰려왔다.
"저것들은 다 뭐야??!!"
군대를 괴멸시키고 있는 악마들을 본 지원군은 전의를 상실했다.

"발사 !!"

군 소대장의 명령이 떨어지자 전방 군인들이 악마들을 향해 바주카포를 쏘아댔다.

"키힉 ...!"

악마들은 날아오는 포를 그대로 몸 안으로 흡수해 버렸다. 그리고 다시 날아왔던 곳을 향해 쏘아 날렸다.

'쿠와아앙 ..!!!'

"으아아악 !!!!"

"크아아악 ..!!!!"

군대가 전부 괴멸되자 셔월드는 악마들을 손으로 끌어당겼다. 그리고 몸속으로 흡수시켰다. 하지만 끝난 것은 아니었다. 셔월드를 제거하기 위해 군인들은 끝없이 몰려왔다. 그리고 전보다 더 많은 탱크와 장갑차, 전투기가 파리프나의 집을 에워쌌다.

"박격포 발사 !!"

'쿠왕 ...!!!'

셔월드와 파리프나의 집을 향해 대포알 수십 개가 발사되어 날아왔다.

에필로그

"셔월!"

".... 어?"

"너 내가 사 온 쿠키 먹었어?!"

"아 .... 응."

"....... 맛있지~!!"

"어 .....?"

"사실 아까 부엌에서 네가 쿠키 먹는 모습 봤어. 셔월이 자발적으로 무언가를 먹는 모습은 내가 한 번도 본 적 없었거든~ 그래서 나 너무 기뻐! 셔월이 직접 과자 봉지를 열고 이게 무엇인가?? 하고 들여다보는 모습도~ 손을 집어넣어서 과자를 꺼내 입으로 가져가는 모습도, 다 너무 좋아."

"아 .... 아 ....."

화끈..!

셔월드는 무표정으로 있다가 훅 당황하였고 양 볼이 빨갛게 익어버렸다.

"어머? 셔월, 너 지금 당황한 거니~?"

"아 .. 앗 .... 그런 거 아니야 ...."

"아니긴~ 맞는 기 같은데~?"

파리프나는 음흉한 미소를 지으며 셔월드 앞으로 얼굴을 들이밀었다.

"정말 당황 안 했어 ~?"

셔월드는 그녀의 얼굴이 가까워지자 더 어쩔 줄 몰라 당황하였다.

"...... 파리프나 ... 저 ....."

파리프나는 웃으며 얼굴을 뒤로 뺐다.

"셔월! 우리 나갈래?"

"........"

파리프나와 셔월드는 밖으로 나왔다. 반짝반짝 빛나는 별이 보일 만큼 밖은 어두워져 있었다. 파리프나는 헛간 옆에서 자전거 하나를 가지고 왔다.

"셔월! 나 자전거 탈 줄 안다. 우리 근처 구경 가자. 뒤에 타 ~"

"아 .... 응."

파리프나는 셔월드를 자전거 뒤에 앉히고 페달을 밟았다.

'따릉 ~! 따릉 ~!'

아무도 없는 고요한 밤이었는데도 파리프나는 자전거 벨을 누르며 달렸다. 반딧불이 떠다니고 귀뚜라미 소리가 들렸다. 자전거는 펼쳐진 넓은 풀을 가로질러 나아갔다.

"......."

셔월드는 파리프나의 뒤에서 자전거를 운전하는 그녀의 뒷모습을 바라보았다.

"여기서 조금 더 가면 바다가 있거든, 조금만 더 가면 도착이야 ~"

10 분쯤 자전거를 타고 가자, 바다가 보였다.

"도착!"

파리프나는 자전거는 세워두고 셔월드와 바닷가로 갔다.

"예쁘지."

"..... 예쁘다."

"예전에 여기 가끔씩 왔어, 이곳에 너도 꼭 한번 데려오고 싶었거든."

"........"

파리프나는 바닥에 있는 돌을 몇 개 집어 들었다.

"자, 셔월 받아~ 우리 이거 저기 바다에 던져보자!"

"그럴까...?"

"에잇~!"

파리프나는 돌을 바다에 힘껏 던졌다.

"....."

셔월드는 파리프나가 준 돌을 집어 던졌다.

'스... 우우우우욱...!!!!!!'

공중으로 날아간 돌은 엄청난 힘으로 수평선 너머로 사라져 버렸다.

"우와........"

파리프나는 깜짝 놀랐다.

"셔월, 방금 던진 돌, 엄청 멀리까지 가지 않았어?"

"...... 글쎄, 별로."

"내가 잘못 본 거야? 아닌데, 분명 엄청 멀리 간 것 같았는데."

"......"

파리프나는 어두워서 잘못 봤다 생각했다. 그래서 별생각 없이 다시 바다를 향해 돌을 던졌다.

"얍~! 얍~!"

"......"

셔월드는 파리프나를 보더니 이번에는 들키지 않게 힘을 조절해서 던졌다.

"헤헤~ 재밌다!"

파리프나의 웃는 모습에 셔월드도 웃었다.

"참! 셔월, 여기 와봐."

"응...?"

파리프나는 셔월드를 데리고 바닷가 옆으로 걸어갔다.

"여기 뗏목 있다~!"

해변가 옆에는 작은 뗏목 하나가 놓여있었다.

"우리 아빠가 예전에 만든 거다. 잘 만들었지!"

"잘 만들었네.."

"후훗..! 우리 같이 타자."

"이..."

셔월드는 파리프나의 손을 잡아주었고 파리프나는 조심조심 뗏목에 올라앉았다. 그 뒤 셔월드도 탔다.

'삐걱.. 삐걱....'

셔월드는 천천히 노를 저었다. 수면 위에 비친 별과 보름달이 아름다웠다.
파리프나는 별을 만지기라도 하듯 수면 위를 손으로 쓸었다.

'철퍽...'

"......"

셔월드는 그런 파리프나를 바라봤다.

'삐걱...'

바다로 나왔다. 셔월드는 젓던 노를 멈추었다.

"......"

"......"

"..... 언젠가 나는 돌아가야겠지 .."

"아 ....."

"......"

파리프나는 셔월드를 바라보았다 .

"셔월이 있고 싶으면 언제까지나 있어도 상관없어 ... 엄마 아빠도 좋아할 거야, 그리고 .. 네가 있으면 ...... 나도 너무 좋아서 ..."

셔월드는 고개를 들어 파리프나를 바라봤다 .

"내가 있어서 .. 너무 좋아 ...?"

"응 ... 정말 너무 좋아 ."

파리프나의 말에 셔월드는 아래를 내려다보며 배시시 웃었다 .

'삐걱 ... 삐걱 ...'

노를 조금 더 젓자 물 위에 떠 있는 열평 남짓한 크기의 아주 작은 섬이 보였다 . 섬 중심에서 조금 떨어진 오른쪽에는 나무 한 그루가 있었는데 언뜻 보았을 때 섬의 3 분에 1 은 차지하는 것 같아 보였다 .

"내릴래 ..."

셔월드는 파리프나를 바라보더니 배에서 내려 그녀의 손을 잡아주었다 .

'차박 ...'

두 사람은 걸어서 섬의 중심으로 갔다 .

"와 ..... 예전에 여기 섬을 본 적 있었어 , 근데 와보지는 않았거든 .. 이렇게 와서 바다를 보니까 정말 예뻐 ...."

".... 앞으로 나랑 자주 오자 ."

파리프나는 고개를 돌려 옆에 서 있는 셔월드를 바라봤다 .

"응 ... 그러자 ."

셔월드도 파리프나를 바라보았다. 두 사람은 나무 그늘 밑에 앉아 나무에 등을 기대었다.

"……"

"……"

아무런 말도 하지 않고 앉아 있었지만 두 사람은 행복했다. 옆에 있는 것만으로도 마음이 평온해졌다.

"파리프나.."

"어...?"

"나중에.... 아주 나중에...... 시간이 흐르게 되면 난 너한테.... 모든 걸 말하고 싶어.."

"어....? 음.... 궁금하다. 셔월이 나한테 말하고 싶어 하는 게 대체 뭘까~?"

"……."

셔월드는 그녀에게로 얼굴을 돌렸다. 바람이 불었고 고개를 돌린 방향으로 검은 머리카락이 휘날렸다.

"전부.... 다 전부 다..... 말할 거야..."

붉어진 얼굴과 따뜻한 미소가 파리프나의 마음을 흔들었다.

"……."

파리프나는 아무 말 없이 그를 바라보다 천천히 미소로 셔월드의 마음에 답해주었다. 어둡고 푸른 하늘, 고요한 적막, 달빛 아래 수면에 비춰 날아가는 새들.... 그리고 두 사람을 감싸 안은 커다란 나무...... 영원히 잊지 못할 기억으로 남았다.

네가 나에게 준 세계는 그 무엇보다 빛나고 그 무엇보다 아름답고 따뜻한 세계야.....

9

진정한 힘

"총장님, 방금 천문학 협회에서 새로운 보고가 들어왔습니다."

"뭐..? 보고해 봐."

"세계에 재앙을 일으켰다는 그 빛이 마지막 떨어진 지점이 카운티 마을이었는데 그 뒤로 다시 몇 번의 움직임이 있었다고 합니다. 그래서 그곳 주위를 조사해 보았는데 마침 빛이 지나던 북대서양 밑의 잠수함에서 무엇인가가 아주 빠른 속도로 지나가며 바다가 갈라지는 현상을 보았다고 했습니다. 그 뒤에는 영국과 아이슬란드, 그린란드, 캐나다를 거쳐 다시 오렌지 카운티 마을로 돌아왔다고 합니다. 그리고 이것은 마을 주민들로부터 얻은 자료인데 그 빛이 오렌지 카운티로 돌아왔을 때 빛 사이에서 사람으로 추정되는 것이 나왔다고 전했습니다."

"뭐.. 뭐야....?"

".... 게다가 그 사람으로 추정되는 것이 얼마 전부터, 지금 군대를 투입한 가정집에서 살고 있다는 것이 밝혀졌습니다."

"무슨... 이런 말도 안 되는.... 그림 세계적으로 일어난 빛에 의했던 재해가 알고 보니 전부 그 괴물이 만들어낸 소행이라도 된다는 것이야....?"

"…. 믿기 어려우시겠지만 사실인 것 같습니다."

"무슨 … 이런 말도 안 되는 경우가 ….3 억이 넘는 인구를 죽인 것이 그 괴물 짓이었다니 …. 누구야, 대체? 그 괴물 같은 놈 어디서 온 누구야!"

"6 월 18 일 오전 2 시 33 분경 우주 공간이 뒤틀리며 갈라지더니 붉고 푸른 색이 섞인 빛이 대기권을 뚫고 지구로 떨어져 내렸습니다. 그리고 ……. 그것만이 놈이 이곳으로 왔다는 것을 증명할 유일한 자료입니다."

이 사실이 도저히 믿기지 않았다. 사실상 불가능했으니까, 말이 안 되는 것이니까, 물리적으로 살아있는 생명체가 그런 힘을 낼 수 있는 존재가 아니었으니까. 영화 속에서 슈퍼히어로나 가능한 것이었는데 현실에서 이런 일이 벌어지게 되자 믿어지지 않았다. 참모총장은 말이 안 나오고 어이가 없었다.

"이제까지 투입된 우리 진력은 어떻게 되나…"

"전투기 37 대, 바주카포로 무장한 군 80 명, 소총 군 3,000 명, 캘리버 50 서른다섯 대, 그 밖에 탱크 50 대, 장갑차 47 대, 그 밖에 경찰특공대 80 명이 갔습니다. 근데 …. 전부 전멸되었습니다."

"그 군을 혼자서 다 박살 냈다고 ..?!"

총장은 믿을 수 없었다.

"… 예."

강했다. 강해도 너무 강했다. 어찌하면 그 생물을 죽일 수 있을 것인가.

"…….. 지금 당장 그곳으로 F-15EX 이글 2 와 F-35, 노스롭 YF-23 과 F-22 랩터, 수호이 Su-57 을 보내라"

"예?!"

"지금은 어떻게 해서든 그 괴물을 잡는 것이 가장 시급하다."

"총장님! 이번 미사일이 놈에게 제대로 적중하지 못하게 되어 놈이 주변 도시로 날아다니게 된다면 그때는 미사일로 인한 주변 인명 피해가 아주 클 수 있습니다!"

"소수의 희생이 있더라도 나라 전체가 살아야지! 그동안 세계 전체에 일어난 일들이 전부 저 괴물 같은 놈이 만들어낸 소행인데 이대로 있다가는 세계에 더 큰 재앙이 불어닥치게 될 것이다. 당장 그곳으로 각각의 전투기 서른 대씩을 보내라. 나는 이 사실을 대통령께 전하겠다."

셔월드는 발사되어 날아오는 포 사이로 들어갔다. 모든 것이 마치 슬로모션 같았다. 날아오는 포는 정말이지, 그의 눈에 너무나도 느려 보였다. 셔월드는 그 포들을 하나하나 손톱으로 긁으며 빠르게 지나갔다.

'지지직..!!!'

손톱에 긁히는 순간 포들은 셔월드에게서 튕겨져나가 군대를 공격했다. 너무도 빠른 속도로 움직였기 때문에 하나의 포가 탱크를 부수고 장갑차를 부수고 전투기를 부술 때까지 터질 새도 없었다. 모든 전투기가 폭격을 맞은 이후 폭탄은 터져나갔다.

'쿠와아아앙...!!!!'

'꺄아아아악..!!'

그 위력은 상상 이상이었다. 집 안에 있던 파리프나는 놀라 소리쳤다.

"아아... 아아아..."

셔월드가 무사한 것인지, 밖에서는 도대체 무슨 일이 일어나는지 파리프나는 아무것도 알 수 없었다. 그리고 군대는 또다시 그녀의 집으로 몰려들었다. 소형 미사일을 실은 전투기 F-22 랩터, 수호이 Su-57, F-15EX 이글 2, F-35, 노스롭 YF-23 와 함께.

'슈우우웅'

"... 지금 이게 다 무슨 일이야....?"

휴대폰으로 실시간 뉴스를 목격한 락소스와 서비는 휴대폰 화면에서 눈을 뗄 수가 없었다. 이제 이곳 주민들은 모두 도망을 가고 없었으며 남은 사람은 이 집 안에 있는 파리프나와 셔월드 그리고 뉴스를 목격하고 집으로 달려오다 이 광경을 목격한 락소스와 서비뿐이었다.

"저.. 저거 셔월 아니야..?!"

공중에 뜬 채 푸른색 안광을 뿜어내는 셔월드를 본 락소스와 서비는 놀라서 몸이 굳어버렸다. 그때 전투기가 파리프나의 집 위로 날아왔다.

"목표물 잡았다. 투하하겠다."

'위웅~!'

소형 미사일 세 내가 십 위로 떨어졌다.

"........"

셔월드는 떨어져 내리는 미사일을 바라보았다. 그러자 이번에는 그의 눈에서 푸른 히트 비전이 쏘아져 나갔다.

'쿠아아아아악...!!!!'

눈에서 쏘아져 나간 히트 비전은 미사일 두 대를 공중에서 폭발시켰다. 그리고 나머지 한 대는 셔월드의 손등에 맞고 튕겨져나가 도리어 폭격기를 박살냈다.

'콰아아앙..!!!!'

2600kg의 폭탄을 실은 폭격기가 공중에서 폭발하였다.

"꺄아아악!!"

파리프나는 놀라 소리쳤다. 셔월드가 보호막으로 파리프나의 집 주위를 결성했기 때문에 그녀는 안전하였다. 하지만 파리프나는 현재 셔월드가 걱정되어

견딜 수가 없었다.

"셔월! 셔월..!"

그녀는 문을 주먹으로 치고 발로 찼다.

"제발 열려! 제발!! 제발!!!"

그때, 밖에서 폭탄 터지는 소리가 들렸다.

'콰앙..!!!!'

"꺅..!!"

낡아져 있던 문은 여러 번 이어진 폭발의 진동에 의해 결국 손잡이 부분의 나사가 부서지며 빠져버렸다.

"에잇! 에잇!!"

'쾅!!'

닫혀있던 문은 파리프나의 몸통과 부딪치며 밖으로 열렸다.

"셔월!!"

그녀는 셔월드의 이름을 외쳤다. 그런데 그때 파리프나의 눈앞에 믿을 수 없는 광경이 펼쳐졌다. 수십 대의 전투기 사이를 빠른 속도로 날아다니며 박살내는 셔월드의 모든 모습이 전부 그녀의 눈으로 들어온 것이었다.

'콰앙..!! 콰앙..!! 콰와아악..!!!'

지상에서 셔월드를 향한 대공포 서른 발이 동시에 터져나갔고 셔월드는 날아오는 포를 전부 반으로 갈라서 터뜨려 버렸다. 그리고 다시 전투기 사이를 휘젓고 다니며 군대를 쓸어나갔다.

'두카카카카칵..!!!!'

'위우웅 ~ 콰앙...!!!'

이 상황을 본 파리프나는 놀라서 입을 다물 수 없었다. 셔월이, 내가 알던

셔월드가 이런 엄청난 존재였다는 사실이 믿기지 않았다. 그는 우리와는 달라도 너무 다른 존재였다. 이 모습에서 본 셔월드는 정말로 강했다. 너무 강력한 존재였다. 사방에서 쏘아 내리는 미사일을 그대로 손으로 쳐 날려서 전투기를 박살 냈으며 터져 나오는 수십 발의 대공포를 몸으로 받아내고도 상처 하나 나지 않았다. 일방적인 셔월드의 살육전이었다. 그리고 거기서 나오는 셔월드의 얼굴은 이미 평소 파리프나가 알던 셔월드가 아니었다. 그는 '악마'의 모습이었다. 눈 색깔은 붉은색으로 바뀌어 있었으며 입고 있던 옷은 발끝부터 목까지 악마의 먹으로 칠해진 어둠으로 변해 있었다. 파리프나는 결국 셔월드의 완전한 모습을 보아버린 것이다.

"셔월... 셔월드가..... 이런 존재였단 말이야...."

'쿠화화아악..!!!!'

셔월드의 손에 날아온 150대의 전투기가 모두 박살 나버렸다.

'슈우우우우...'

어둠은 악마를 둘러싸고 있었으며 악마가 움직이는 곳은 전부 어둠으로 변해 버렸다.

전 세계로 퍼져나간 괴물의 이야기 그리고 전 세계에서 그 괴물을 제거하기 위해 모인 세계 회담. 미 대통령이 먼저 입을 열었다.

"지금 우리 미국에 괴물 한 마리가 들어와 있다는 것을 모두가 알고 있을 것입니다. 밝혀진 바로는 우주 공간이 열린 뒤 지구로 떨어졌다 하는데 그간 몇 주 전에 일어난 빛에 의했던 재해가 알고 보니 전부 그 괴물이 일으켜낸 짓이라는 게 밝혀지게 되었죠. 현재 추가 지원을 받고 출동한 500대의 전투기,

380 대의 탱크, 450 대의 장갑차, 600 대의 대공포가 갔지만 전부 전멸당했습니다. 90t 이 넘는 폭탄을 투하했음에도 어떠한 타격조차 주지 못했고요. 한시가 급한 상황입니다. 괴물이 더 성장하기 전에 세계가 힘을 합쳐 그 괴물을 제거해야만 합니다!"

"맞는 말입니다! 벌써 놈에 의해 몇몇 나라는 아예 흔적도 없이 사라지게 되었고 그 밖에 너무 많은 세계가 인명 피해를 당하였죠! 이대로 가다가는 모두의 목숨이 위험하게 될 것입니다."

모든 나라가 단합하였고 셔월드를 제거하기 위해 전 세계에서 폭탄을 실은 신형 전투기, 수천 대를 미국으로 보냈다. 하늘을 덮는 전투기가 셔월드와 파리프나가 있는 카운티 마을로 날아왔다.

'위우우우웅~!'

셔월드는 날아오는 전투기를 바라보았다. 폭탄 수천 발이 파리프나의 집 앞 셔월드에게로 떨어져 내렸다.

"꺄아악..!!"

파리프나는 귀를 막고 주저앉았다.

"........ 씨익"

수천 발이 떨어져 내리는 폭탄 사이로 뛰어오른 셔월드, 그는 고개를 뒤로 꺾으며 양팔을 쫙 벌렸다. 그 순간 주위의 모든 것이 전부 암흑으로 뒤덮여 버렸다. 그리고 셔월드의 뒤로 거대한 악마의 형상화가 나타나는 것이었다. 떨어져 내리던 모든 폭탄은 공중에서 멈춰 버렸다.

"으.... 으으으... 어어어어억......"

모든 조종사들은 온몸을 떨며 움직일 수가 없었다. 뒤로 젖혀있던 고개를 세우며 눈을 뜬 셔월드. 완전한 악마의 모습이었다. 그의 모습을 본 조종사 전부 눈과 코, 귀, 입에서 피를 쏟으며 온몸의 피부가 뒤집어진 채 타들어 갔으며 떨어지던 폭탄마저 악마의 모습에 모든 움직임을 멈추고 파르르 진동을 떨었다.

"..... 너희끼리 죽일 것이다. 서로가 서로를 죽일 것이다."

어둠으로 들어찬 셔월드의 말이 떨어지자 수천 대의 전투기와 수천 발의 떨어져 내리던 폭탄이 방향을 돌려 날아왔던 궤도를 따라 그대로 다시 날아갔다.

'즈우우우욱...??!!!!'

그리고, 모든 군대와 군사기지를 폭격했다.

'쿠와아아아아아앙..!!!!!!'

'쿠콰콰콰콰콰콰콱..!!!!!!'

모든 게 박살 나버렸다. 그리고 다시 세계 회담. 전해진 소식을 들은 정상 모두가 충격에 빠졌다.

미 대통령이 먼저 입을 열었다.

"이제.... 더 이상 다른 방법이 없소."

"........"

"........"

모두가 고개를 끄덕였다.

폭탄이 떨어져 내리는 줄 알았던 파리프나는 조용한 상황에 귀를 막았던 손을 천천히 내렸다.

"아......."

그리고 지상으로 내려온 셔월드의 뒷모습을 바라보았나.

"......"

"……"

"…….. 셔월드.."

'움찔..!'

그녀의 목소리가 들려왔다. 그 순간 악마의 몸은 멈춰 버렸다.

"셔월….."

파리프나의 목소리를 들은 악마의 눈동자가 커졌다. 이런 모습을 보이고 싶지 않아 그동안 숨겨 왔었다. 사실을 알게 되면 그녀가 자신을 두려워할까봐… 멀리할까 봐 그 사실이 두려워 결코 말할 수 없이 살아가야만 하는 비밀이었다. 그런데… 그런데…. 그랬어야만 하는 건데 지금 그녀가 나의 뒤에 서 있다.

"……."

악마는 떨리는 눈동자로 천천히 뒤돌았다. 그리고 파리프나의 얼굴을 바라보았다.

"아….."

파리프나는 자신을 돌아본 셔월드의 얼굴을 바라보았다.

어둠으로 가득한 파란색 눈, 푸른 기가 도는 입술, 평소보다 더 창백하게 하얀 얼굴, 그는 결국 그녀에게 모든 걸 보이고 만 것이다.

"……."

악마는 아무 말 없이 자신의 파리프나를 계속해서 바라보았다. 파리프나 또한 말없이 셔월드를 바라보았다. 그가 왜 어디서 온 누구인지 말을 하지 않았으며 왜 그렇게 비밀이 많았던 건지 그 모든 것이 전부 우리와는 다른 존재였기에 말할 수 없었던 비밀이라는 걸 알게 되었다. 그녀는 천천히 셔월드에게 걸어갔다.

'자박..'

악마는 다가오는 파리프나를 주저하는 파란 눈동자로 바라보았다.

"셔윌......."

"......"

"... 난 괜찮아 무사해, 그러니까 이제 더 이상 싸울 필요 없어."

"아.. 아.. 아아....."

악마는 아무 말도 못 하고 그녀만 바라보았다.

"셔윌... 난 다른 건 그 어떠한 것도 신경 안 써... 그저 네가 무사해서 정말 다행이야."

파리프나가 악마에게 다가가려 하자 악마는 움찔하며 뒷걸음질 쳤다.

".........!"

아무 말도 할 수 없었다. 그녀에게 모든 걸 속였다는 것이. 그럼에도 그녀 곁에서 있었다는 것이. 그리고... 결국 이런 모습까지 보이게 되었다는 것이..... 너무 부끄럽고 괴로웠다.

"아... 아... 셔윌...."

셔윌드의 고통은 그의 눈을 통해 파리프나의 마음으로 전해졌다. 그것을 본 파리프나는 멈춰선 채로 그의 눈을 바라보았다. 혼란으로 가득한 눈동자, 그 눈동자는 파리프나가 셔윌드에게서 처음으로 본 것이었다. 지금... 지금 바로 그에게로 가고 싶었다.

"셔윌..."

그때였다.

'위우우우우웅...!!'

하늘을 가르는 강력한 무엇인가가 날아왔다.

.
.
.
.
.
.
.
.
.
.
.

핵 미사일이었다.

에필로그

그녀를 속이게 된 것이요 ...

어떠한 변명의 여지 없어요 .

...... 너무 부끄러웠어요 .

내가 .... 나라는 ... 내 자신의 존재를 ..... 아니까 ..

곁에 있어서는 안 되는 것을 아니까 ... 너무 .... 더러워서 ..

....

....

... 사랑해서

.... 너무 사랑해서 ..

너무 많이 사랑하게 되어버려서 .....

돌아가지 않고 ..... 곁에 남고 싶어서요 ..

이제 난 ... 이곳에서 생명을 잃을지라도 그녀 곁에 남고 싶어요 ......

10

세상에 밝혀진 악마의 정체

바람을 찢으며 날아오는 핵미사일. 이제 곧 마을 하나가 사라질 것이다. 셔월드는 파리프나를 밀어냈다.
"어..! 셔월 위험해!!!!"
'쒸우우우웅...!!!'
셔월드와 파리프나의 머리 위로 방사능을 가득 실은 거대한 미사일이 날아왔다. 한 번 터뜨려 천만 명의 목숨을 가져갈 수 있는 인류가 만들어 낸 가장 강력한 무기 핵미사일. 그것이 지금 셔월드에게로 떨어져 내렸다.
'즈하우우우욱...!!! 뚜우!!!!!!'
.
.
.
.
.
.
.

.
.
.
.

'슈우우우우....'

.... 그리고 그것을 잡아낸 악마. 모두의 입이 벌어지며 경악했다. 죽일 수 없었다. 본능이었다. 그 무엇으로도 저 존재를 죽일 수 없다는 것을 본능적으로 느끼며 온몸의 세포와 근육이 마비되며 떨려왔다.

"..........."

모두 아무 말도 못 한 채 그저 실시간 영상 속 화면만 들여다 보았다.

"아 .. 아아 ..."

셔월드 뒤에 있던 파리프나, 그녀와 그녀의 부모님 또한 이 상황을 보고 말을 잃어버렸다. 셔월드의 손에는 파리프나와 그녀가 살고 있는 마을을 없애버릴 수 있는 핵미사일이 쥐어져 있었다.

'키기기기긱....!!'

셔월드의 손과 맞닿은 미사일이 자지러지는 마찰 소리를 냈다.

"셔 .. 셔월 ... 너 ..... 어떡해 네 손에 ......"

"......."

셔월드는 아무 말 없이 핵을 보았다. 그리고 하늘 위로 날아갔다.

'쒸애 .. 우우욱 ...!!!!!'

계속해서 높이 떠오른 셔월드는 대기권에 가까워지자 손에서 핵을 놓았다.

'쓔 ... 아아아아아아악 ....!!!!!!'

미사일은 셔월드의 손에서 놓아지자 셔월드가 날아올랐던 속도보다 더 빠르게 솟구쳐 올라 대기권을 뚫어버렸다. 그리고 폭파하였다.

'쿠와아아아아앙!!!!!!!'

우주에서 산산이 폭파하여 사라져버린 핵. 셔월드는 갈라져 버린 하늘에 미련을 두지 않고 아래로 떨어져 내렸다.

'슈우우...'

파리프나는 태양 빛을 등지고 내려오는 셔월드를 바라보았다.

"아.. 아...."

땅으로 내려온 셔월드는 락소스와 서비를 보고 파리프나를 향해 눈을 돌렸다.

'자박..'

파리프나는 천천히 다가갔다. 그리고 셔월드 앞으로 다가가자 그의 품에 와락 안겼다.

"하아아아....! 아아아....!! 셔월.... 무사해서... 무사해서 정말 다행이야......!"

걱정과 슬픔으로 가득 꽉 차버렸던 그녀의 마음이 셔월드에게로 고스란히 전해져 왔다.

"파리프나....."

셔월드는 그녀의 머리를 잡고 자신의 품속으로 더욱 끌어안았다. 그때, 저기서 탱크 열 대와 그 위로 헬기 스무 대가 다가왔고 파리프나를 안은 셔월드는 그곳으로 천천히 눈을 돌렸다. 탱크와 헬기는 셔월드의 앞 50m 쯤에서 멈추었다. 그리고 헬기에서 군인들과 함께 각국의 대통령들이 내렸다.

"........"

셔월드는 대통령들을 쳐다보았다. 대통령은 확성기를 하나씩 꺼냈다. 그리고 말했다.

"원 ... 원하는 것이 무엇인가."

"......"

셔월드는 아무 말 없었다.

"우리 지구인들에게 원하는 것이 있으면 말했으면 좋겠네 ...... 원하는 것이 있다면 우리 모두가 그대의 뜻에 전적으로 따를 테니까."

".... 아니."

셔월드의 말에 모두가 놀라서 눈도 깜박거리지 못했다.

"너희에게 원하는 것 따위 없어."

예상치 못한 셔월드의 말에 또다시 모두가 긴장할 수밖에 없었다.

"그 ... 그럼 도대체 우리에게 왜 그러는 것인가 ..?"

"... 너희가 먼저 그녀에게 위협을 가했잖아."

"그녀 ...?"

각 국가 원수들은 셔월드의 품에 안겨 있는 파리프나를 바라보았다.

"그건 .... 저 소녀에게 일부러 위해를 가하려 했던 것이 아니었네. 추적하다 보니 그대를 알게 되었고 그대가 먼저 우리 지구에 인구를 죽이고 다니며 지구를 파괴한 존재라는 걸 알게 되었기 때문에 저지하기 위해서 움직이다 보니 의도치 않게 됐던 것이었네."

그 말에 파리프나는 깜짝 놀랐다.

'아 ... 아아 ...... 그동안 있었던 모든 재해를 셔월이 만든 것이었구나 ..'

셔월드는 앞을 바라보았다.

"..... 그 시절 나는 모든 인류를 없애고자 이곳에 오게 되었다. 그래서 3억 ... 명이 넘는 인구를 죽이게 되었지. 그것은 나에게 숙명이었으니까. 그런데 이제는 더 이상 그럴 수 없게 되었어. 나에게 ...... 소중한 존재가 생겨

버렸으니까."

이 말을 하는 셔월드의 얼굴빛이 바뀌어 있었다.

"너희들에게 있어 .... 죄를 지은 것을 안다. 나는 이제 다시는 그런 일을 되풀이하고 싶지 않아. 너희가 더 이상 파리프나와 그녀의 소중한 것에 해를 가하지 않으면 나 또한 너희들을 해칠 생각이 없어."

각국의 정상 모두가 식은땀을 흘렸다.

"자네는... 어디서 온 누구인가?"

"....... 난 지옥에서 온 악마 '셔월드' 다."

"아..... 악마...?!!!"

모두가 놀랐다. 그가 외계에서 지구를 침략하러 온 외계인인 줄로만 알았지 존재 여부도 알 수 없는 지옥이란 곳에서 온, 그것도 악마일 것이라고는 생각조차 하지 못했다.

"아.. 아... 알겠네, 우리도 이제 그대에 대해 알았고... 그간의 사건 경위에 대해 전부 알게 되었으니 이제 그 누구에게도 더는 피해를 가하는 일은 없을 것이라네, 그러니... 그 일은 걱정하지 마시게."

정상 모두가 셔월드에게 약속하였다.

"그렇다면 나도 더 이상 너희들에게 해를 가하지 않겠다."

셔월드는 자신의 앞에 있는 각국의 대통령 전부와 약속을 하였고 그 약속을 끝으로 카운티 마을을 둘러싼 모든 군대가 철수했다.

"......"

셔월드는 자신의 뒤에 있는 파리프나에게로 천천히 눈을 돌렸다.

"셔월...."

"미안해.... 너한테 그동안 전부... 모든 걸 숨겨 왔어...... 너에게 나를 말할 용기가 나지 않았어 ……. 많은 인구를 제거했으면서도 … 그런 존재라서 네 곁에 있어서는 안 되는 존재인 걸 알면서도 …. 네 곁에 남아있고 싶어서 너에게 모든 걸 속여왔어 ….”

"셔월드 ….”

"너는 깨끗한 존재고 나는 더러운 존재야. 깨끗한 것 하고는 결코 함께할 수 없는 그런 더러운 존재 …. 혐오스러운 존재 …… 내가 네 곁에 있게 되면 네 주위로 계속해서 더러운 악을 퍼뜨리게 될 거야.. 그러니 ……”

"그만 ….!"

파리프나는 고개를 저으며 외쳤다.

"왜 … 왜 …… 네가 더러운 존재인데 …… 네가 …. 내 옆에 있게 되면서부터 나는 처음으로 진짜 '행복'이란 걸 느끼게 되었어. 가족들과 함께 하면서도 느낄 수 없었던 기분을 …. 네가 있어 즐거웠고 네가 있어 행복했어. 그 모든 걸 네가 나에게 준 거야.”

셔월드는 아무 말도 못 했다.

"네가 어디서 온 무슨 존재이며 과거에 어떤 짓을 했건 현재 나한테는 중요하지 않아. 너는 … 나한테 있어 오로지 '빛'이고 '행복'이야 …”

그 순간, 셔월드는 자신의 주위로 번쩍이는 빛이 퍼지는 것을 느꼈다.

"아.. 아아아 ……”

파리프나에게서 뿜어져 나오는 빛이었다. 그녀의 앞에 서 있을 때면 항상 그렇듯 셔월드의 사악한 어둠은 힘을 쓸 수 없었다. 그녀가 천사였던 것이다. 셔월드의 힘을 유일하게 무력화시킬 수 있는 존재가 바로 파리프나였던 것이다.

'저벅 ….'

셔월드는 파리프나를 바라보며 한 발 두 발 그녀 앞으로 다가갔다.

"파리프나...."

셔월드는 파리프나의 얼굴에 살며시 손을 얹었다.

"셔월드...."

세상 그 무엇보다 아름답고 따뜻한 미소, 처음으로 그녀에게 지어주었다.

"셔월드...."

파리프나는 웃었다. 그리고 그의 품에 안겼다.

이렇게 파리프나는 셔월드의 모든 정체를 알게 되었다. 어디에서 왔는지, 누구인지, 그동안 어떤 짓을 했는지, 얼마나 강한 존재인지... 하지만 조금도 그가 원망스럽거나 두렵지 않았다. 그저 그가 지금 자신의 옆에 있다는 사실이 행복했다. 그리고..... 이대로 영원히 그와 함께할 것을 속으로 맹세했다.

에필로그

셔월드가 지구로 오기 전, 그가 지옥에서 있었을 때의 이야기다.

'끼이익 ..!!'

'쿵 !! 쿵 !! 쿵 !!! 쿵 !!!!'

지옥 용암에서 괴로움에 비명을 지르며 죗값을 치르는 죽은 자들의 영혼. 셀 수도 없는 죄와 악행으로 얼룩져 형체도 알아볼 수 없이 일그러진 그들은 끊을 수도, 끊어지지도 않는 명줄을 가진 채 지옥불에서 온몸이 조각나는 고통을 느꼈다.

"......."

그리고 그런 그들을 내려다보며 서 있는 악마.

셔월드.

기구하다. 안쓰럽다. 고통스럽다. 이 중 그 무엇 하나 느껴지지 않았다. 그저 나약하고 쓸모없는 존재들의 비명 소리로 밖에 들리지 않았다. 가끔 이렇듯 구경을 한다. 따분함, 지루함, 외로움, 슬픔, 고통, 아무것도 느낄 수 없는 그들은 이런 상황 또한 아무런 느낌을 받지 못한다. 그저 더 많은 생명의 목숨을 앗아가는 것, 더 많은 곳을 더럽히는 것, 그것밖에 없었다.

"......"

'휙'

셔월드는 돌아서 나갔다. 그리고 지옥의 하늘 아래에 섰다.

"······"

악마에게 패배한 수많은 천사의 시신들이 하늘에서 쏟아져 내렸다.

"후우~"

그리고 하늘에서 악마 제라토가 떨어져 내려왔다.

"생각보다 별거 없네~ 천사 놈들."

셔월드는 제라토를 쳐다봤다.

"왜~? 놀라기라도 했어?"

제라토가 셔월드를 보며 씩 웃었다.

"천계도 이제 쇠퇴해 가나 봐~ 아니면 내가 너무 강한 건가? 셔월드, 넌 어떻게 보여?"

"건방 떨지 마. 고작 하급 천사 상대로 전쟁에서 승리한 거니까."

제라토의 얼굴에서 웃음기가 싹 가셨다.

"하.... 키.. 킥.. 킥킥킥킥..!!"

셔월드는 웃는 제라토를 시큰둥하게 쳐다봤다.

"아직도~ 네가 최고라고 생각하는 거냐?"

"······"

"건방은 네가 떠는 것 같은데?"

'쓰우욱..?!!'

제라토의 팔이 늘어나더니 튀어 나가 셔월드의 안면을 가격했다.

'뚜콰가가각..!!!'

하지만 제라토의 주먹은 이미 셔월드의 손에 잡혀 있었다.

".... 글쎄"

'쿠과과과곽!!!!'

셔월드는 제라토의 얼굴을 잡아 바닥에 처박아 버렸다.

"이래도?"

셔월드의 눈이 빛났다.

'하 .. 하 .... 하하하하하!!!!'

바닥에 머리가 박힌 채로 제라토는 미친 듯이 웃었다.

'콰우!!!!'

바닥을 박차고 튀어나온 제라토는 손에서 그림자 검을 소환해 셔월드를 공격했다.

'콰카카카캉...!!!!'

제라토의 검을 막아내던 셔월드는 날아오는 그림자 검을 손으로 잡아 부숴버렸다.

"이이익..?!!"

제라토는 당황했고 셔월드는 그런 그의 목덜미를 잡아 뒤로 꺾은 뒤 허리를 무릎으로 박살 내버렸다.

"키햐하하헉..!!!!"

제라토는 척추가 박살 나 땅바닥을 나뒹굴었다.

"크으으윽...! 셔월드 너 이...!!"

"일어나, 어차피 금방 회복하는 거 아니까."

셔월드는 바닥에서 부들거리며 자신을 올려다보는 제라토를 뒤로한 채 휙 돌아갔다.

"크.. 큭큭큭큭..... 크하하하하하!!! 키키킥...! 미친놈...!! 언제까지 그런 무표정으로 내려다볼 수 있는지 두고 보자....! 반드시 그 표정, 그 얼굴, 전부 꺾어줄 테니까....."

"......"
셔월드는 검은 안개와 얼룩이 가득 낀 하늘을 바라보았다.
그때.
"셔월드, 도살 안 한 지도 꽤 오래되었지?"
"소울루프 님.."
셔월드가 바라본 곳에는 사천 마리의 악마를 거느리는 사천 대장 소울루프가 있었다.
"끊이지 않는 악마와의 전쟁 속에 천계는 무척이나 바쁘고 예민해져 있지. 인간을 보호할 여력이 많지 않단 말이야. 그래서 루시퍼 님께서 명령을 내리셨다. 지금 바로 지구로 가서 모든 인류를 말살하고 다시는 생명이 자라날 수 없게 처참히 망가뜨리고 돌아와라!"
셔월드는 소울루프를 바라보며 고개를 숙였다.
"예."
셔월드는 루시퍼의 명을 받들었다. 암흑 속에서 눈을 감았다..... 번쩍! 떴다.
'기유우우욱....!!'
우주 공간이 금빛으로 쪼개지며 열렸다. 그리고 갈라지는 틈에서 셔월드가 나왔다.
'파직..! 파지직..!!'
"......."
악마는 푸른 지구를 내려다보았다.

그리고 곧 엄청난 속도로 지구를 향해 떨어졌다.

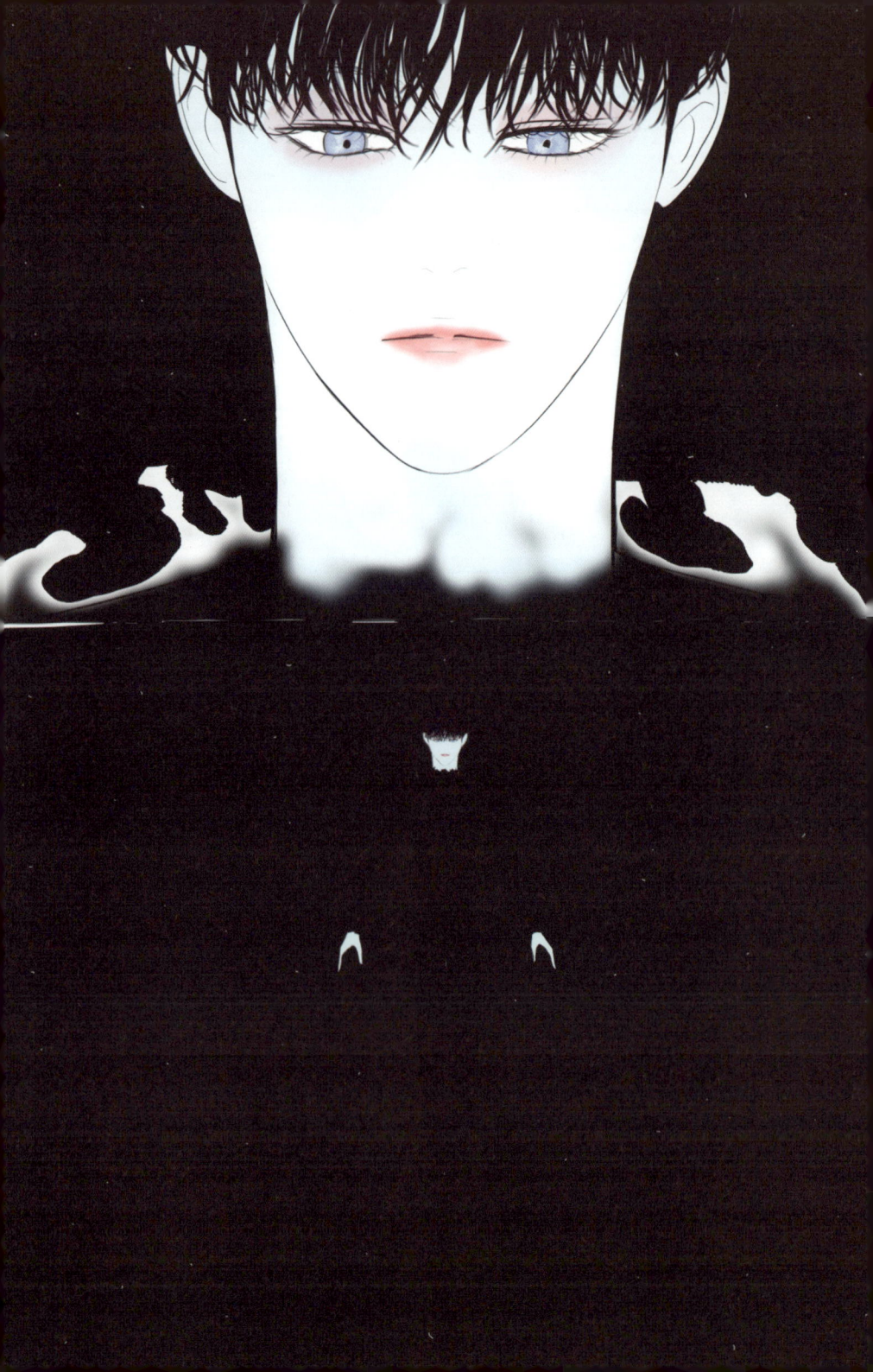

천사의 땅에 떨어져 내린 악마

11

악마의 눈물

"셔월드가 배반했습니다."

수천 마리의 악마들이 우글거리는 지옥. 악마 간부 제니리워가 말했다.

"천왕성으로 간 아스타로트, 아류한으로 간 네르갈, 화웅성으로 간 제라토, 모두 임무를 수행했습니다. 하지만 오직 셔월드만 돌아오질 않았습니다."

타오르는 불꽃, 거대한 손톱이 옥좌에 부딪히는 소리, 황좌 자리에 앉아있는 붉고 거대한 존재, 바로 악마 제국의 황제 루시퍼였다.

'딱. 딱.. 딱..!'

거대한 악마의 손톱이 부딪히는 소리는 마치 대리석 위를 빌딩 크기의 말굽으로 치는 소리 같았다. 루시퍼가 감고 있던 눈을 떴다. 타오르는 파란색 눈 속 붉은 동공이 켜지는 순간이었다.

"놈이 배신을 했다.... 이유가 무엇이냐."

"믿기 어려우시겠지만... 셔월드가 인간에게서 정을 느꼈습니다."

루시퍼의 얼굴이 굳어졌다.

"셔월드가 지구로 떨어진 뒤 얼마 지나지 않아 어떤 한 인간 여자를 만났습니다. 그런데 그때부터 그 인간 여자에게서 감정이란 걸 느끼게 되었고 지금은 인간의 집에서 인간이 하는 생활을 하며 살고 있습니다."

".... 그게 말이 되느냐!"

"불가합니다. 하지만 셔월드와 함께 살고 있는 그 인간 여자... 그 작은 존재가 악마는 느낄 수 없는 감정을 갖게끔 만들었습니다."

루시퍼의 눈이 파란 불로 타올랐다.

"세상 이리 어리석고 무지한 놈은 처음이다! 겨우 인간의 마음 따위에 휘둘려 자신의 정체성마저 잃어버리다니, 처음부터 자격이 없는 모자란 놈이었다. 이곳 악마 제국의 수치다! 당장 셔월드를 잡아 지옥 불구덩이 안으로 처박아 넣어라!"

제니리워가 고개를 숙였다.

"지금 바로 시행하겠습니다."

그때.

기둥 뒤에 있던 악마 한 마리가 걸어 나왔다. 머리에 달린 두 개의 뿔, 목덜미에서 묶은 어깨 밑까지 내려오는 보랏빛 검은 머리카락, 콧대까지만 가려지는 절반 가면, 그럼에도 미치도록 잘생긴 외모를 숨길 수 없는 악마, 바로 악마 사천 대장 소울루프였다.

"루시퍼님을 뵈러 왔다가 본의 아니게 재밌는 이야기를 듣게 되었습니다~ 이번 일 저에게 맡겨 주십시오. 제가 셔월드 그놈을 산 채로 잡아와 지옥불 속에 처박겠습니다."

"소울루프, 너도 가서 그 지구 인간의 감정을 느끼고 돌아오려 하느냐~?"

"크크큭...! 놈의 목을 벤 뒤에 지구 또한 가루로 만들고 돌아오겠습니다."

"좋다. 제니리워! 지금 바로 그곳으로 악마 군대를 소집하여 보내라!!"

"예!"

제니리워의 명령이 떨어지자 땅 아래가 갈라지며 지옥에서 악마들이 튀어 올라왔다. 그리고 그 사이로 긴 다크 블루의 머리카락을 뒤로 휘날리며 제라토가 나왔다.

"저도 가겠습니다 ~"

"제라토 ?"

"이 싸움에 제가 빠질 수는 없죠 , 셔월드를 제거하러 가는 길인데 ~"

제라토가 킥킥 웃으며 말했다.

"그럼 소울루프와 제라토 , 너희 둘에게 맡기도록 하겠다. 셔월드는 물론 지구에 존재하는 모든 생명을 말살해라."

"분부 따르겠습니다 ~"

제리도가 웃었나.

따뜻한 물이 든 볼 안으로 하얀 수건을 넣어 적셨다. 그리고 소파에 앉은 셔월드의 얼굴로 천천히 가져갔다.

'슥슥'

파리프나는 그의 얼굴에 묻어있는 핏자국을 수건으로 닦아냈다. 셔월드는 그런 파리프나를 말없이 바라보았다.

"..... 괜찮아? 안 아파..?"

".... 응."

셔월드는 파리프나를 향해 미소 지으며 고개를 끄덕였다.

'슥슥'

"..... 다시는 이렇게 안 아팠으면 좋겠어 ..."

파리프니는 고개를 아래로 숙였다.

"아아..."

셔월드의 당황한 눈이 동그랗게 되어 그녀를 바라봤다.

"..... 너 이제 상처받지 말고 아파하지 말고 누구하고도 싸우는 일 없이 행복하게 살았으면 좋겠어."

셔월드는 천천히 파리프나의 등에 손을 가져가 올렸다.

".... 그럴게."

파리프나는 고개를 들었다.

"..... 앞으로 더 이상 싸우지도 않고 아파하지도 않을게"

셔월드는 그녀를 보며 따뜻하게 웃었다.

"정말....?"

"... 응."

파리프나는 셔월드를 향해 미소지었다.

"그래! 이제 우리 다시 예전으로 돌아가서 같이 농사도 짓고 꽃도 가꾸고 호시 먹이도 주면서 항상 행복했던 그 날들처럼 지내자~"

"영원히...."

따스함을 머금은 셔월드의 눈이 파리프나를 바라보며 약속했다.

"아......"

파리프나는 그의 눈빛에 자신도 모르게 얼굴이 붉어졌다. 아무 말 없었지만 두 사람의 마음은 서로에게 전해져 왔다. 악마의 마음을 처음으로 안아 준 인간, 인간의 마음을 처음으로 안아 준 악마, 이루어질 수 없다고 여겼던 두 양극은 그 무엇보다 서로를 원했으며 서로에게 있어 없어서는 안 되는 필요한 존재였던 것이다.

"셔월.... 너 나랑 같이 여기서 살지 않을래..?"

셔월드는 파리프나를 바라보았다.

"셔월, 난.... 이제 여기서 너하고 같이 살고 싶어, 아...... 네가 돌아가지 않고 나하고 같이 살았으면 좋겠어."

셔월드는 그녀의 얼굴을 보며 따뜻하게 웃었다.

"....... 그럴게."

"정말...?"

"응, 네가 원한다면 언제까지고 네 옆에서 있을게. 평생 너를 지키고 평생 너만을 위한 존재가 될 거야."

"셔월...."

"파리프나... 너는 유일하게 나한테 존재하는 빛이자 나에게 처음으로 생겨난 끝없는 희망이야."

화아악...

그 말을 들은 파리프나는 셔월드의 주위로 온통 하얀 빛이 물드는 것을 보았다. 처음이었다. 정말.... 너무나도 아름다웠다. 그가 입고 있던 어둠은 더 이상 보이지 않았다. 오직 따뜻한 빛만이 그를 감싸고 있었으며 그 빛은 나에게 한 줄기의 햇살 아니, 온 세상을 덮는 햇살이 되어 전해져 왔다. 파리프나의 심장이 미친 듯이 요동쳐 왔다. 두 사람은 서로를 바라보았다.

".......'"

".......'"

두 사람은 아무 말 없이 있었지만 서로의 마음을 느낄 수 있었다. 그저 바라만 보고 있는 두 눈이 서로의 마음을 그대로 전해줬다.

.... 만약 그들이 오지 않았더라면 이 두 사람의 행복은 지금 이대로 영원히 이어졌을 것인데

....

어두운 하늘 위 우주 공간이 금빛으로 쪼개지며 악마 군단이 지구를 향해 쏟아져 내렸다. 정확히 삼 일 뒤였다. 엄청난 수의 악마들이 지구로 떨어져 내렸고 그들이 닿은 주위 모든 곳이 새까맣게 변해 버렸다. 식물은 말라 죽고 바닥의 땅덩이들은 비명을 토하며 갈라졌다.

"키야와와악...!!!!"

악마들은 파리프나와 셔월드가 있는 집으로 물밀듯 몰아쳐 왔다.

'두근....'

셔월드의 호흡이 순간 잦아들었다.

'슈우우우우우욱.....!!'

아주 멀리서부터 엄청난 속도로 그들의 집을 향해 날아오는 악마들이 느껴졌

다!

"셔월...? 왜 그래?"

셔월드의 굳은 표정을 본 파리프나가 물었다.

"........"

셔월드는 파리프나에게로 눈을 돌렸다.

"....... 파리프나, 무슨 일이 있어도 집 밖으로 나오지 말고 여기서 있어."

안 좋은 일이 벌어진 걸 느꼈다. 셔월이 이렇게 진지하게 말한 적은 여태껏 한 번도 없었기 때문이다.

"무슨 일이야. 무슨 일이 일어난 건데..?"

"..... 놈들이 이곳으로 오고 있어."

"뭐....?"

"나와 같은 악마. 나를 죽이기 위해.... 그들이 지옥에서 올라온 거야."

'쿠구구구구구구구.....!!!'

셔월드는 파리프나를 바라보았다.

"여기서 있어... 내가 반드시 꼭 안전하게 지켜줄게."

그리곤 돌아섰다.

"잠깐! 셔월."

파리프나는 뒤돌아서 가려는 셔월드의 손목을 붙잡았다.

"악마들이 몰려온다며..? 그럼..... 너와 같은 능력을 가진 존재들이 수도 없이 몰려온다는 건데 네가 그 수많은 악마들하고 싸워야 한다는 거잖아!"

"........"

"안돼...! 위험해...! 네가 가면...... 이번에는 너도 위험해지게 될 거야...."

셔월드는 아무 말 없이 파리프나를 바라봤다. 그녀의 말이 맞다. 이번에 이

227

문밖을 나가게 되면 나에게 어떤 일이 일어날지 답을 내릴 수가 없다. 내 목숨을.....보장할 수가 없었다.

"셔월.......우리 그냥 도망가자! 응? 우리 어디로 도망쳐서 숨으면 악마들이 모를 수 있잖아? 내가 방에서 짐만 챙겨서 나올게! 우리 지금 당장 도망가자."

셔월드는 돌아서는 파리프나의 어깨를 한 손으로 부드럽게 감싸서 돌려세웠다. 그리고는 파란색 눈으로 지그시 그녀를 바라봤다.

"파리프나, 나 절대 안 죽어. 반드시 네 옆으로 올 거야. 약속할게."

셔월드는 파리프나의 얼굴을 세상 그 무엇보다 따뜻하게 바라보며 약속했다. 그리고 밖으로 뛰어나갔다.

"셔월...!!"

파리프나는 셔월드를 쫓아 뛰어나갔다. 그런데 그 순간, 파리프나의 눈앞으로 수천 마리의 악마들이 대지를 박살 내며 몰려드는 것이다!

"아..아아......!"

"키야와아아악..!!!!"

악마들은 동시에 셔월드를 향해 달려들었다.

"후우우...."

셔월드는 자신에게 달려드는 셀 수 없이 많은 악마들을 향해서 땅을 밟았다.

'뚜우...?!!'

셔월드가 땅을 밟자 그 주위로 반원이 그려지며 폭발하는 거대한 압력이 악마들의 몸을 찢어버렸다.

'쥬카카카차차칵...!!'

"키아아아악..!!!"

전방에 있던 수백 마리 악마들의 몸이 갈가리 찢겨져 나갔다.

'후웅 ~!'

셔월드는 그대로 뛰어올라 악마들의 머리 위에서 수직으로 떨어져 내렸다.

'두콰콰콰콱 ..!!'

악마들의 몸은 재생되기 전 셔월드에게 또다시 찢겨 나갔고 한 번 더 가해진 공격에 완전히 가루가 되어 버렸다.

'뚜우 !!!!'

그때 악마들 사이를 가르며 제라토가 하늘에서 떨어졌다.

"오랜만이야 ~ 셔월드 ~?"

셔월드는 제라토를 바라보았다. 그의 눈은 이미 새빨갛게 변해 있었다.

"이디에 처박혀 돌아오지 않나 했더니 저런 인간 쪼가리와 함께 사느라 악마 세계의 질서를 흩트려 놔?"

'후웅 ~!'

'쿠과과각 ..!!!'

새빨개진 눈에서 김을 뿜으며 제라토에게 달려든 셔월드는 그의 모가지를 쳐 날렸다.

"쪼가리? 다시 말해봐."

제라토는 공중에서 원을 그리며 바닥에 내려앉는 동시에 튀어 나가 셔월드의 안면을 새까맣고 거대한 손으로 공격했다.

'뚜콱 !!!!'

셔월드는 제라토의 손을 그대로 잡아 자신의 손에서 나오는 독기로 그의 손을 뚫어 버렸다. 순간 제라토는 다른 한 손으로 셔월드의 옆구리를 찢어 갈겼다.

'츄와아악 ..!!!'

"......."

셔월드는 제라토의 목을 잡고 날카로운 손톱으로 그의 목 가죽을 찢으며 공중으로 높게 날랐다. 그리고 땅바닥을 향해 힘껏 돌진했다.

'쿠 .. 쿠 ... 쿠두두두두두둑 ..!!!!'

제라토는 셔월드에게 목이 잡힌 채로 땅속에 파묻혀서 아주 빠른속도로 수십 킬로미터를 끌려다녔다.

"크크크크 ...!! 크하하하하하 !!!!! 셔월드 !!! 역시 재밌어 !!!"

'쩌어어억 !!!'

'쿠왕 ..?!!!!!!'

제라토는 입을 120 도까지 찢어 셔월드를 향해 반경 1000km 를 쑥대밭으로 만들 수 있는 에너지를 쏘아 날렸다. 그리고 튀어올라 수천 미터 위로 튕겨져 나간 셔월드의 목을 잡고 땅으로 내림박질 쳤다.

'쿠과과과과과 ..!!!!'

끝도 없이 땅 밑을 뚫고 내려가면서도 둘은 쉴 새 없이 서로를 공격했다. 얼마까지 내려갔을까 엄청난 온도가 두 악마에게 닿아왔다.

외핵이었다.

'드드드득 ...!!!'

5,400 도에 다다르는 열기의 액체가 두 악마를 집어삼켰다.

'꿀럭 ~!!!'

외핵 안으로 들어간 셔월드와 제라토는 서로를 향해 눈에서 히트 비전을 쏘아댔다.

'쿠콰콰콰콱 ..!!!'

두 악마의 몸짓에 외핵이 출렁거렸다.

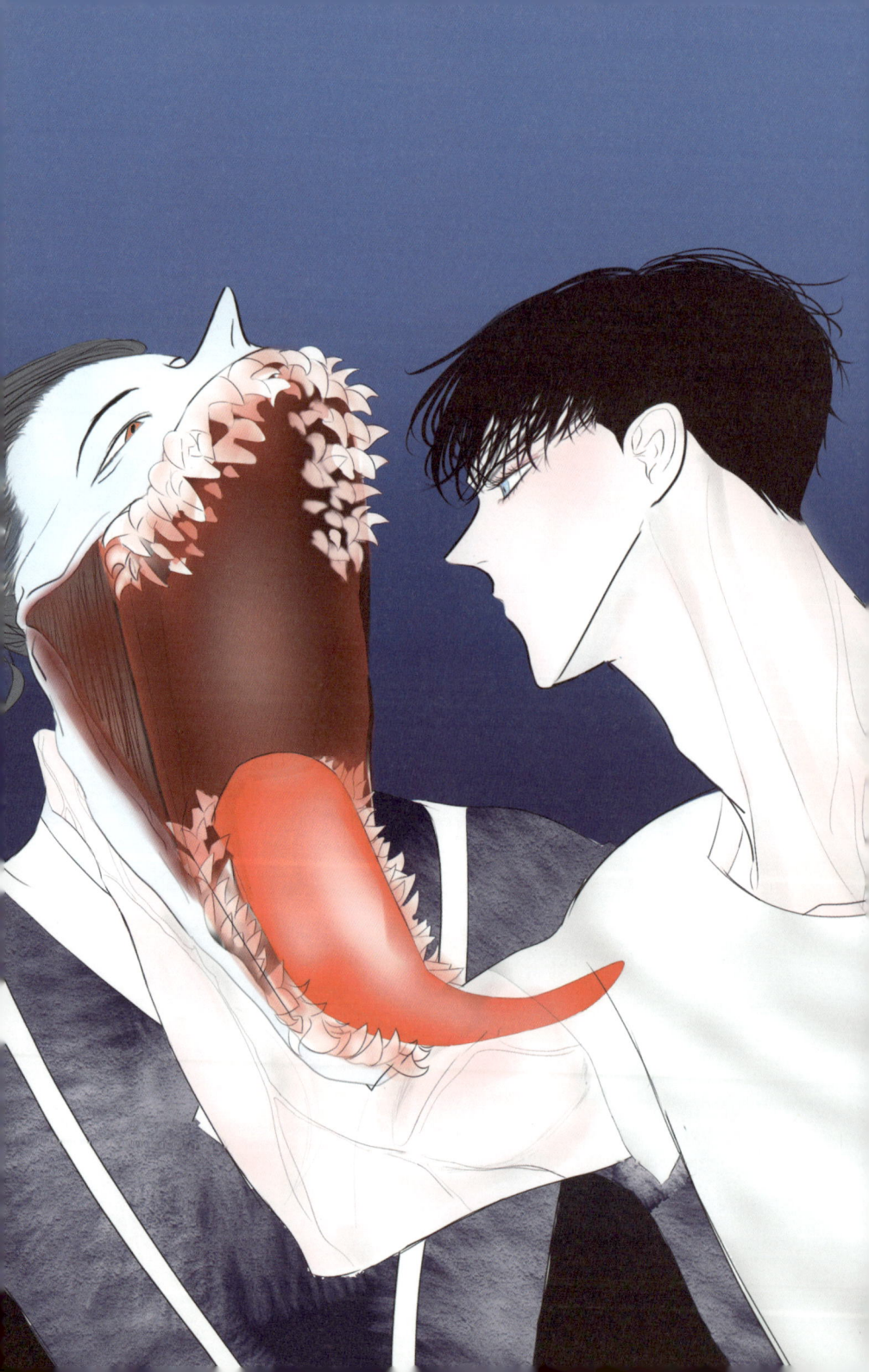

'스와아아악 ..?!!!!!!'

끈적하고 축축하게 덮쳐오는 제라토의 거대한 두 손, 그의 팔은 셔월드의 몸을 감싸 잡은 동시에 온몸을 감아버릴 만큼 늘어났다.

'주우우우욱 ...??!!!'

셔월드의 몸을 완전히 포박해버린 제라토는 입을 쫘악 벌려 수백 개의 날카로운 이빨로 그의 목을 물어뜯었다.

'와지지지직 ..!!!!'

수백 개의 송곳 같은 이빨이 셔월드의 목을 파고 들어가 그의 목 깊숙한 곳까지 찢어나갔다.

"......."

무표정으로 고개를 까딱여 제라토에게 눈길을 돌린 셔월드는 그를 향해 입을 벌려 1000억 평의 면적을 한 번에 없애버릴 에너지를 쏘아 날렸다.

'뚜콰콰콰콰카각 ..?!!!!'

제라토의 머리 중심부부터 관자놀이까지가 터져나가 구멍이 뚫렸다.

"키힉 ..!!"

'휘웅 ~!!'

셔월드는 뛰어올라 제라토의 두개골을 잡고 외핵 안을 걸레 짝이 되도록 쓸고 다니며 머리의 형체가 일그러져 갈가리 찢기고 부서져 나갈 때까지 그의 안면에 가공할 위력의 펀치를 쏟아 넣었다.

'쾅! 쾅! 쾅! 쾅! 콰쾅쾅쾅쾅쾅!!!!!!'

그러더니 외핵을 뚫고 내핵 안으로 들어갔다. 그곳에서 짐승처럼 제라토의 몸을 찢어 갈겼다. 태양의 열기와 맞먹는 6,900도에 다다르는 초이온 온도가 그들의 살가죽을 적셨다.

"크하하하하하..!!!! 정말 미치게 하는 놈이야..!!!!!!!"

제라토는 흥분을 주체하지 못해 미친 듯이 웃으며 자신의 두개골을 잡고 있는 셔월드의 손목을 잡아 끌어당기며 대륙 하나를 없애버릴 수 있는 위력으로 그의 몸통을 걷어차 버렸다.

'콰두두두두두두둑..!!!!!'

그 위력에 셔월드는 내핵을 뚫고 외핵으로 치고 올라갔다. 제라토는 웃으며 뛰어올랐고 셔월드를 향해 공격을 퍼부었다.

'쿠과과가가각..!!!!!'

두 악마의 격렬한 전투로 인해 내핵 중심부에서 거대한 회오리가 일기 시작했다. 그러더니 외핵까지 치고 올라가는 것이다!

'뚜우...?!!!'

회오리는 두 악마를 삼킨 채로 위로 솟구쳤다.

'쿠와아아악!!!!!!'

셔월드와 제라토는 솟구쳐 올라가는 와중에도 서로를 공격하며 싸웠다. 셔월드는 제라토의 안면을 움켜잡고 하부 맨틀에서부터 시작해 거칠고 난폭하게 벽을 쓸며 상부 맨틀로 뚫고 올라갔다.

'으투두두두두두둑..!!!!'

그리고 맨틀을 거쳐 다시 지각을 뚫고 위로 올라왔다. 파리프나는 눈을 떠 셔월드를 바라보았다. 모든 일이 그녀가 눈을 한 번 감고 떴을 때까지 일어난 상황이었다.

"셔월!!!"

'콰가가가각!!!'

부서지고 박살이나 만신창이가 되어 흉측한 모습으로 변해버린 제라토의 두

개골, 하지만 이내 그의 머리는 다시 재생되었다.

"킥..! 재밌네~?"

제라토는 셔월드의 이마를 잡아 땅바닥에 처박아 버렸다. 그리고 그의 안면을 낚아채 이번에는 자신이 그를 바닥에 쓸고 지나갔다.

'쿠두두두두두둑!!!!!'

"키햐하하하..!!!!! 죽어!!!!!"

제라토는 셔월드를 절벽에 처박은 뒤 옆에 있는 산을 뽑아 들어 셔월드를 향해 수직으로 내리꽂았다.

'쿠과가가가각!!!!!!'

산은 셔월드의 몸통에 수직으로 처박혔고 셔월드는 그런 산을 천 등분으로 조각내며 솟구쳐 올라왔다. 이때 다른 악마들이 파리프나를 공격해 오는 것이었다!

"......!!"

셔월드는 고개를 돌려 파리프나를 공격해 오는 악마들의 몸을 산산조각내버렸다.

'쫘아아악..!!!!!'

"꺅..!!"

셔월드는 넘어지려는 파리프나에게 달려들어 허리를 손으로 붙잡았다.

".... 누구라도 그녀에게 손가락 하나 댈 수 없다."

'쿠구구구구..!!!!'

셔월드는 파리프나를 자신의 뒤로 옮겨 놓은 뒤 그녀와 그녀 집 주위에 악마의 검은 날개로 보호막을 쳤다. 그리고 다시 악마들을 찢어 죽였다.

'좌악..!! 좌악...!!! 최아아악..!!!'

수 많은 악마들이 셔윌드의 손에 죽어 나갔다. 이때 제라토가 셔윌드의 뒤를 공격했다.

'두칵 ..!!!!!!'

셔윌드는 뒤로 반 회전하여 제라토의 공격을 피하며 그의 목을 손으로 뚫어 버렸다.

"캬아아악 ..!!!!"

셔윌드는 뛰어오름과 동시에 거대한 낫을 소환해 제라토의 몸통을 반으로 잘 라버렸다.

'크콰우 !!!!!!!'

"키야아아아악 !!!!"

몸통이 반으로 잘려나간 제라토는 팔에서 지옥의 창을 소환해 셔윌드를 공격 했다.

'챙 !! 챙 !! 챙 !! 챙 !! 챙 ..!! 챙 ..!! 챙이익 ..!!!!!'

두 악마가 전투를 벌이고 있을 때 다른 악마들이 보호막에 가려진 파리프나 를 공격해 왔다.

'츠와아아아악 ..!!!'

셔윌드는 뒤로 낫을 휘둘러 보호막을 부수려 드는 악마들을 갈기갈기 찢어 가루를 내버렸다.

"더러운 손 치워 ....!!"

악마들을 향해 뒤돌아본 셔윌드의 눈은 이미 새까맣게 변해버린 홍채에 빨간 점 하나만이 들어있었다.

'콰가가가각 ..!!!!!'

셔윌드는 달려들어 제라토의 얼굴 안으로 손가락을 쑥 !! 박아 넣었다. 뇌수

안까지 손가락이 들어가 파헤쳤다.

"제라토.... 지옥에서나 여기서나 넌 여전히 멍청하구나... 딱 여기까지다. 여기까지가 네가 나와 겨룰 수 있는 한계다."

'쿠두두두두둑....?!!!'

소름이 돋는 싸한 기운이 제라토의 온몸을 타고 얼굴까지 올라갔다.

"이..! 이런..?!! 미친놈..!!!!!"

'쿠와아아아아아악..!!!!!!!'

엄청난 에너지는 제라토의 얼굴을 뚫고 온몸을 가루로 만든 뒤 행성 하나를 찢어버릴 만큼의 위력을 안고 우주로 쏘아져 나갔다. 모든 악마들이 그 모습을 보고 질겁했다.

'슈우우우...'

그리고 그 순간.

"각성한 모습은 오랜만이군."

하늘에서 천둥을 일으키며 온몸에 전류를 감은 소울루프가 천지를 박살 내며 내려앉았다.

'으드드드드드득..!!!'

그의 강림에 천지가 흔들거렸다.

"사천 대장 소울루프...?"

"오랜만이다, 셔월드."

더럽고도 미치도록 아름다운 미노의 소울루프를 바라본 주위의 풀들은 전부 메말라 버렸으며 쪼개졌던 땅은 고통스러운 비명을 내지르며 사방으로 터져

나갔다.

"제니리워님의 말이 사실인가 했더니 정말이었구나 ~? 셔월드, 인간에게 빠져서 지옥의 임무를 버리고 지옥의 황제를 배신한 자. 따라서 오늘 너의 목숨은 내가 가지고 가겠다. 그리고 저 인간을 포함한 지구의 모든 살아있는 생명을 없애겠다."

셔월드는 점점 파랗게 타들어 가는 눈으로 소울루프를 올려다보았다.

"파리프나에게는 그 누구도 손끝 하나 댈 수 없다. 지금부터 너의 모든 행동을 막겠다. 그리고 나는 오늘 너를 이곳에서 죽여 없앨 것이다."

소울루프는 입가에 미소를 띠었다. 두 악마는 공기를 찢으며 서로를 향해 뛰어들었다. 어두운 아름다움과 밝은 아름다움이 격돌하는 순간이었다.

'쿠... 쿠쿠쿠아아아아아아아..!!!!!!!'

"꺄아아악...!!"

파리프나의 집을 제외한 주위의 모든 집들이 가루가 되어 버렸다. 공중으로 날아든 소울루프는 국가 전체를 없애 버릴 위력의 손으로 셔월드를 향해 내리쳐왔다.

"...?!!!"

셔월드는 날아오는 소울루프의 손을 정면으로 받아쳐 내며 지구에 전해질 충격을 막아냈다.

'드드드득..?!!!!'

"키키키킥..! 역시 좋아!!"

'뚜우훅?!!!!'

소울루프가 힘을 올리자 셔월드의 두 발이 땅속으로 박혀버리며 바닥이 갈라졌다.

"셔월 ?!!"

셔월드가 소울루프의 공격을 전력을 다해 막느라 파리프나와 집 주위로 쳐졌던 보호막이 흔들거리며 잠시 풀렸다. 그때 파리프나는 보호막 밖으로 빠져나왔고 옆에 있는 큰 돌을 집어 들어 소울루프를 향해 힘껏 던졌다.

'타앙 ..!!'

돌은 소울루프에게 닿기도 전에 튕겨져나가 공중으로 떠올랐다.

'스윽'

소울루프는 파리프나를 향해 눈을 돌렸다.

'오싹 ..!!'

"키킥 ..."

소울루프는 파리프나를 보며 입꼬리를 올리더니 미소지었다.

"셔월드가 인정한 인간인가? 과연 악마마저 탐할 만큼 깨끗하고 아름다운 걸 ~"

소울루프는 미소를 띠더니 공중에 떠 있는 돌을 파리프나가 던졌던 힘의 수백만 배가 넘는 엄청난 힘으로 그녀를 향해 쳐 날렸다.

'쓰 ... 우애애애애악 ..!!!!!'

"아! 아 ..?!!"

'쿠콰아앙 !!!!!!!'

셔월드는 파리프나에게 달려가 한 손으로 그녀를 감싸 안으며 동시에 날아오는 돌을 주먹으로 박살 내버렸다.

"셔월 !!"

"파리프나 ..."

셔월드는 그녀를 안고 빠르게 헛간으로 달려갔다.

'콰앙!'

셔월드는 파리프나와 함께 헛간으로 들어가 문을 닫았다.

"파리프나......... 지금부터 절대 이 문을 열고 나오면 안 돼, 알았지? 나하고 약속하는 거야, 난....... 금방 올 거야, 그러니까 여기서 문 열지 말고 호시하고 잠깐만 있어, 부탁할게."

"셔월, 안 돼! 또 나한테 나오지 말라는 거야?! 이번에는 안 돼! 너 지금 저 수많은 악마들과 싸우려 드는 거잖아! 그게 뭘 의미하는 줄 알아?!"

어느새 파리프나를 바라보는 셔월드의 표정이 흔들렸다. 셔월드는 뜨거워진 두 눈으로 그녀를 바라보며 파리프나의 얼굴을 양손으로 감싸 안았다.

"난..... 네가 있어서, 너를 만나서 악마에서 벗어날 수 있게 되었고 숨을 들이쉴 수 있게 되었고....... 처음으로 인간의 김징을 따라 하고 그것을 느낄 수 있게 되었어. 모두 처음이었어... 파리프나 항상 고마웠어. 나를 알 수 있게 해줘서 너를 기억할 수 있게 해줘서..... 정말 고마워."

"아..... 아아..... 안 돼... 안 돼.... 너 이러면 안 돼, 이번에는 너 혼자 보내지 않을 거야. 이렇게 있으면 너도 위험해!! 셔월! 도망가자! 따돌리고 우리 같이 도망가서 숨어 살자! 응? 그러면 더 이상 찾지도 않을 거야!"

파리프나는 셔월드의 옷을 붙잡고 애원했다.

"우리 나무도 키우고 같이 꽃도 가꾸고... 으흑..... 밥도 같이 먹고...... 흐으윽....! 이대로 있으면.... 이대로 있으면.... 으흐흐흑...! 너 죽는단 말이....!!"

셔월드는 파리프나의 턱을 잡고 그녀의 입에 자신의 입술을 부딪쳤다. 파리프나를 보며 바꾸어 버린 존재. 그녀로 인해 생겨버린 감정, 사랑, 그녀가 준 그 모든 것..... 그녀가 더 이상 아프지 않길, 그녀가 더 이상 나로 인해 슬퍼

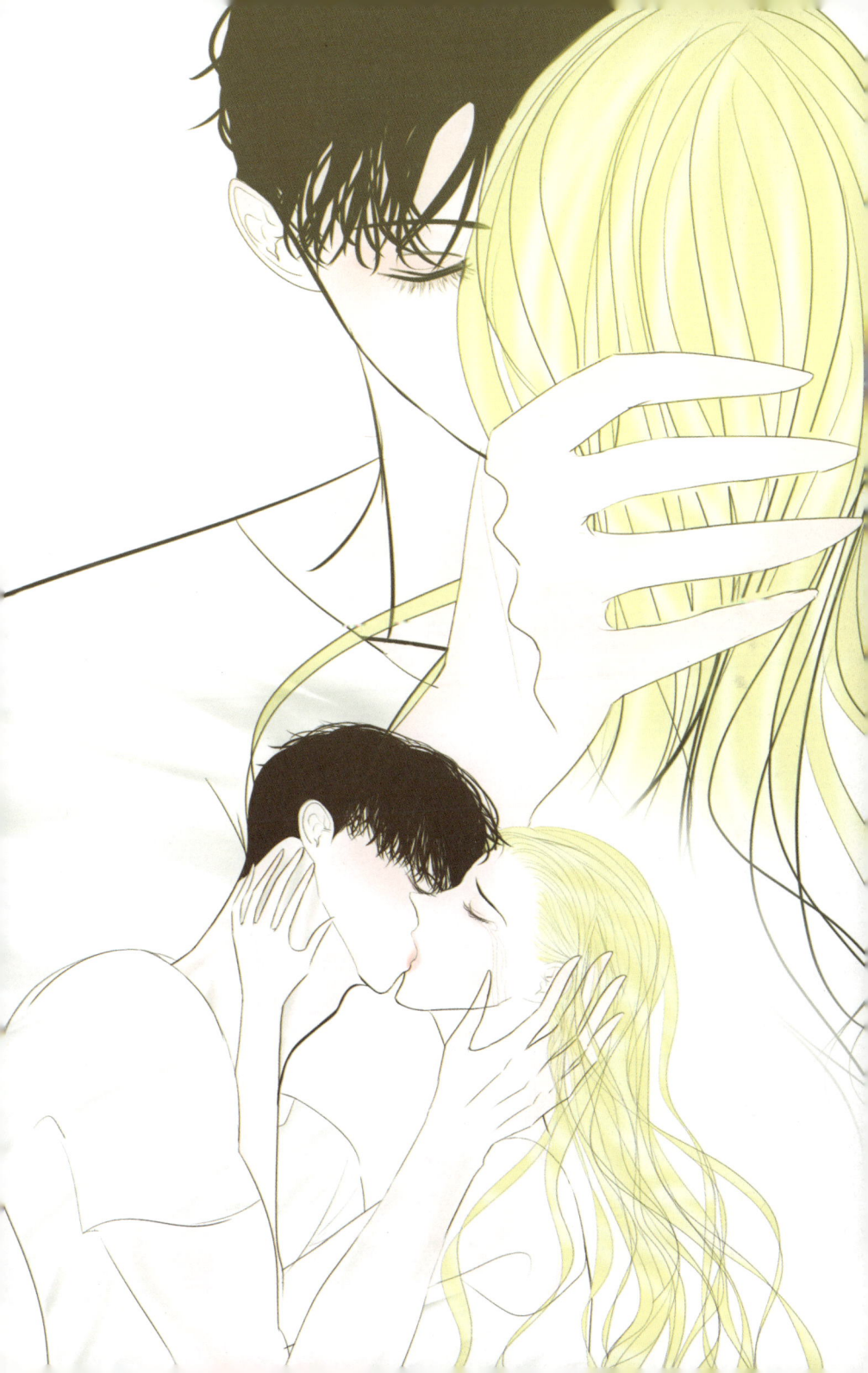

하지 않길 ... 결코 파리프나를 향하고 있는 자신의 감정을 내비치지 않기로 다짐하고 약속해 왔던 그의 마음은 북받쳐 오른 감정 앞에 터져버리고 말았다. 한 손은 그녀의 턱을, 다른 한 손은 등을 타고 올라가 그녀의 머리를 꽉 쥐고 뜨겁게 끌어안았다. 파리프나는 어떠한 말도 생각도 나지 않았다. 자신의 얼굴에 닿아있는 셔월의 얼굴과 그를 통해 격렬하게 전해져 오는 슬픔과 사랑 외에 어떠한 것도 느낄 수 없었다. 파리프나의 눈에서 뜨거운 눈물이 터진 채 쏟아져 내렸고 두 손은 셔월드의 허리, 등, 어깨 그리고 얼굴로 타고 올라가 그에게 그동안 가져왔던 마음만큼 더욱 강하게 끌어안고 입을 맞추며 터뜨렸다.

"흑흑..! 으흐흐흐흑....!!"

셔월드는 세상에 단 하나뿐인 사랑하는 존재, 파리프나, 그녀의 얼굴을 잡고 천천히 눈을 바라보았다.

"파리프나 .... 사랑해."

".... 아!"

'콰앙..!!'

셔월드는 그녀를 두고 빠르게 헛간 밖으로 뛰쳐나가 빗장을 구부려 문을 잠가버렸다.

"어헉...! 어흐흑...!! 안 돼..! 안 돼!! 셔월...!! 제발!!!"

파리프나는 울부짖으며 잠가진 문을 붙잡고 흔들며 매달렸다. 셔월드는 등을 문에 기대었다. 그의 발 앞으로 물방울이 떨어져 내렸다.

"하아 ... 하아 ..... 하아 .... 아아아 .... 으흑 .... 흑 ... 아아아아아 ......!!"

악마의 두 눈에서 뜨거운 눈물이 흘러내렸다. 흘리지 못하며 흘릴 수조차 없었던 악마의 눈물. 더 이상 ... 악마이고 싶지 않은 한 소년 ... 뜨거운 눈물을

흘리는 셔월드의 눈가에 파리프나와의 모든 기억들이 주마등처럼 스쳐 지나갔다. 그녀와 함께였던 산속에서의 첫 만남, 그녀와 함께였던 첫 식사, 그녀와 함께였던 첫 아침 .. 저녁 ... 밤 ... 그 모든 기억들. 그의 두 눈에서 쉴 새 없이 눈물이 쏟아져 내렸다. 아프고 ... 아팠으며 .... 또 아팠다 .... 이렇게까지 아플 수가 있을까 ..... 아플 수 있다는 것은 그녀와 함께했던 순간을 기억하는 것이었다. 사랑할 수 없는 존재를 사랑해서는 안 되는 존재를 그 무엇보다 뜨겁게 사랑한 악마, 셔월드는 고개를 들었다. 천천히 들어 올린 눈이 정면을 바라보았다. 그리고 ... 마지막 결정을 내리게 되었다.

"으흑 ... 으 .... 아아아아아 ...!!!"

파리프나는 문을 붙잡은 채 주저앉으며 울부짖었고 셔월드의 발은 헛간으로부터 한 발 두 발 세 발 멀어져 거대한 허리케인을 일으키며 소울루프를 향해 뛰쳐나갔다. 셔월드를 바라본 소울루프는 웃었다.

"마지막이로구나."

셔월드는 소울루프를 향해 달려들어 거대한 허리케인으로 주변에 모든 것을 집어삼키며 공격해 들어갔다.

'쿠와아아아아아악 ...!!!!!'

소울루프의 암흑 에너지가 달려드는 허리케인을 쳐 날렸다.

'쿠콰과과과각 !!!!'

하지만 셔월드는 계속 달려들었다. 셔월드의 허리케인 하나는 땅을 뚫고 올라와 소울루프의 하체를 다른 허리케인 하나는 위에서 그의 상체를 상반된 곳에서 짓이겼다.

'뚜두두두두누누두둑 !!!!!!'

"크아아아악 ..!!"

옷의 장신구들이 박살 나며 순식간에 소울루프의 몸은 만신창이가 되어 터져 나갔다.

'투둑 .. 투둑 우두두둑 ...!!!'

셔월드는 근육과 뼈가 터져나갔으나 멈추지 않고 계속 달려들었다.

"크으으윽 ..! 어리석은 놈 ..!!!"

소울루프는 암흑의 창으로 셔월드를 찢어 갈겼다.

'콰자자자자작 ..!!!!'

창에 몸이 찢겨 나갔으나 셔월드는 물러섬 없이 오히려 자신의 몸을 찢는 창의 날을 손으로 잡았다. 그리고는 도리어 자신의 몸을 찢으며 소울루프의 코 앞으로 돌격해 들어갔다. 소울루프는 빨갛게 달아오른 그의 눈동자를 바라보았다. 그 눈빛은 오로지 필사(必死)로 가득 찬 눈동자였다.

'쿠콰가가가가가각 ...!!!!!!!'

소울루프는 셔월드의 온몸에서 일으켜 낸 거대 히트비전을 맞고 날아가 버렸다. 그리고 ... 주위가 어두워졌다. 수천 마리에 다다르는 악마들이 셔월드의 머리 위를 덮었다. 그리고 쏟아져 내렸다.

"방금 건 정말 짜증 날 정도로 위험했어 ..!!!! 각성한 악마가 이 정도의 힘을 발휘하다니! 하지만 거기까지다!!! 일개 악마는 결코 대장급의 악마를 상대할 수 없다는 것을 너도 잘 알고 있을 텐데?! 또한! 지금부터 너는 나를 포함한 내 밑에 있는 4천 마리가 넘는 악마들도 함께 상대해야 될 것이다!!!"

셔월드의 주위로 사냥감을 뜯어 먹으려는 악마들이 짐승처럼 입을 쩍 벌리며 달려들었다.

"......"

'뚜우우우욱 ..!!!!!'

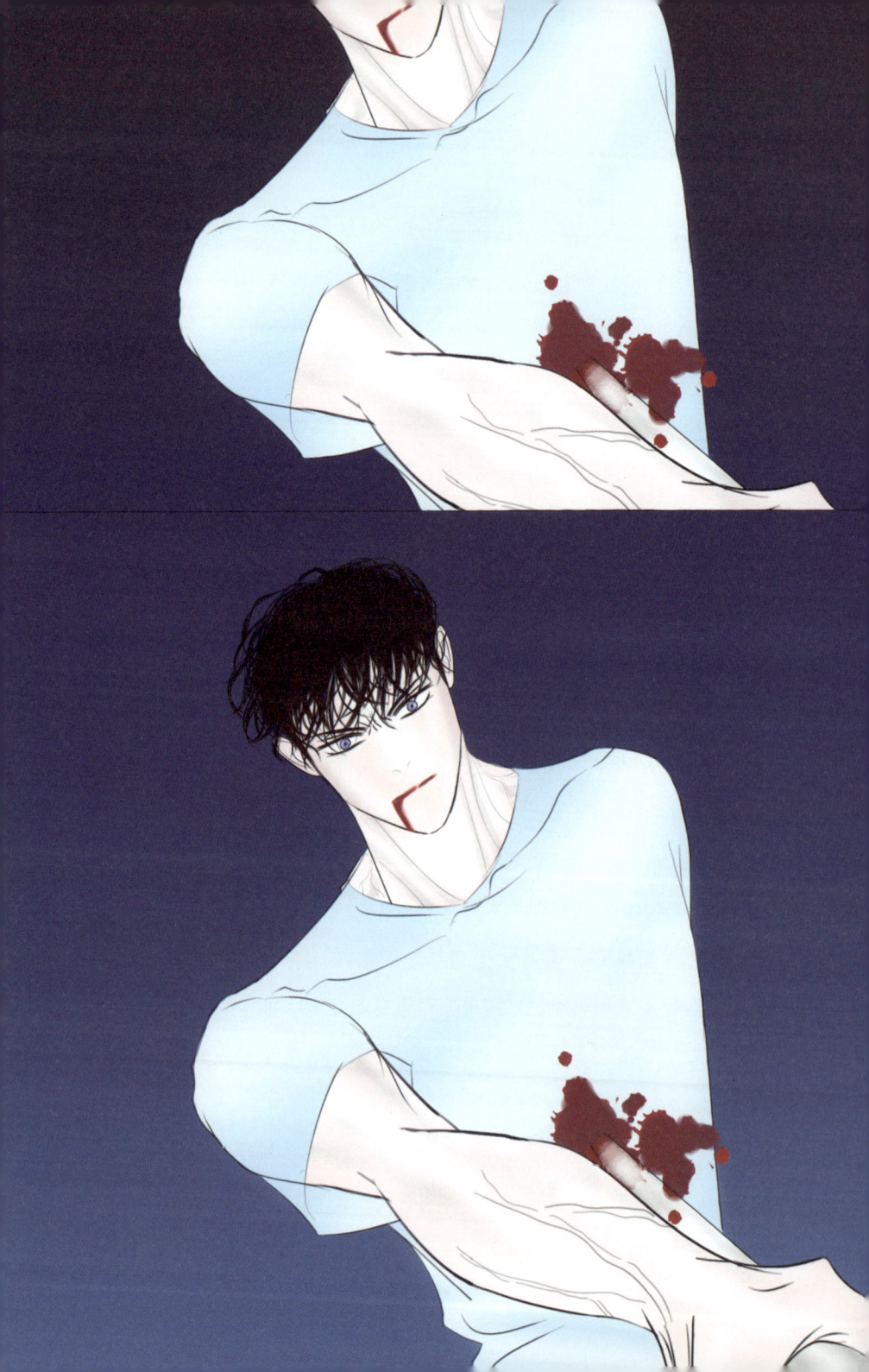

그 순간, 셔월드를 둘러싼 허리케인이 수백 배로 거대해지며 새까맣게 변하였다. 그러더니 거대한 입을 벌려 소울루프와 주위의 악마 전체를 쓸고 위로 솟구쳐 올라갔다.

'쿠아아아아아아!!!!!!'

"이 .. 이게 무슨 ..!"

셔월드는 소울루프와 악마들을 끌고 대류권을 지나 성층권, 중간권, 열권 외기권을 뚫고 우주로 날아갔다. 하지만 그럼에도 멈추지 않고 계속 끝없이 위로 올라갔다. 계속 ... 계속 ..... 지구와 조금이라도 더 멀어질 때까지 계속 .... 끝없이 올라가는 허리케인 속에서도 셔월드와 그를 둘러싼 수천 마리 악마들, 그리고 소울루프의 전투는 멈추지 않았다.

'쿠과괵카가가삭 ...!!!!!'

소울루프는 자신과 군대를 상대로 전투를 치르며 만신창이가 되어 가는 셔월드를 향해 외쳤다.

"어쩌자는 것이냐! 지구와 멀어졌으니 이제 그 아이가 안전할 것이라고 생각하는 것인가? 킥킥 ..! 그렇다면 실패했군!! 어차피 너를 죽이고 그 아이를 포함한 지구인 모두를 죽일 거니까!!!"

" ...... "

'뚜우우우우우훅!!!!'

더 이상 보이지 않고 느껴지지도 않을 만큼 지구에서 아득히 멀리 떨어진 순간, 셔월드는 허리케인과 함께 모든 걸 멈추었다. 그리고 그 순간 소울루프는 무엇인가를 감지했다.

"너 ... 설마 ...."

셔월드는 소울루프를 바라보며 양팔을 들어 올렸다.

"이 ..!! 이이익 ?!!!!! 이런 미친 ....!!!!!!!"

셔월드는 눈을 감으며 속삭였다.

"..... 안녕, 나의 파리프나."

'쿠우우우우우우 ......

우와아아아아아아아악 !!!!!!!!'

셔월드의 온몸에서 빛이 뿜어져 나왔다. 대천사의 군대와 싸우며 승리를 거두지 못했을 경우... 더러운 악마는 강한 천사에게 달라붙어 한 명이라도 끌어 않고 같이 지옥으로 가려 한다. 오직 악마만이 사용할 수 있는... 악마라는 더러운 존재로 탄생했기에 가능했던 것 ....

어두운 우주에 빛이 번쩍 일었다.

.
.
.
.
.
.
.

.
.
.
.
.
.

그리고 그 빛은 핵의 천억 배에 달하는 힘으로 주위의 모든 것들을 집어삼켰다 .

"악마는 눈물을 흘리지 못해, 그래서 더욱 흘리고 싶은 건지도 몰라……"

에필로그

"파리프나."
"응.... 셔월, 왜~?"
셔월드는 쭈뼛거렸다.
"....... 저기 좋은 곳을 아는데, 샌드위치.. 싸서 갈래...?"
"어....?"
파리프나는 셔월드를 쳐다보았다. 얼굴은 붉히고 자신의 눈을 피하는 셔월이, 어설프게 꼬시는 셔월이 너무 예뻤다.
"응! 당연하지~"
"아...."

.
.
.
.
.

사
사
사
사 ...

'후웅 ...!'

오렌지 카운티 마을을 지나 캘리포니아를 넘어 사우스다코타주 노시를 파리프나를 업은 채 날아다녔다.
"와아아아아 ....."
밤하늘 아래의 뷰가 눈부셨다.
"......."
셔월드는 고개를 뒤로 돌려 기뻐하는 파리프나를 바라본 뒤 다시 달렸다. 빠르지만 안정감 있는 속도와 감각이 파리프나로 하여금 수십 미터의 높이에서도 조금의 두려움도 느끼지 못하게 해주었다.
'슈아아아악 ....! 타 .. 타닥 ..'
그리고 다다른 곳은 눈으로 뒤덮인 숲속의 작은 강이었다.
"세상에 .... 아름다워."
7월 초의 여름. 하지만 이곳은 여름이 아니었다. 차가운 얼음과 눈꽃으로 뒤덮인 숲속, 강의 양옆을 따라 길게 이어져 서 있는 전나무와 그 위를 덮은 하얀 눈송이 ... 그리고 그 하늘 위로 보이는 초록과 파란빛이 섞여 움직이는 오로라..... 파리프나는 아름다운 풍경에 넋을 잃고 바라보았다.

"이런 곳은 어떻게 알았어 ....?"

셔월드는 파리프나를 바라보며 조용히 미소지었다.

"... 전에 이 길을 지난 적 있었어."

셔월드는 그녀를 지그시 바라본 뒤 다시 달렸다. 하지만 이번에는 하늘이 아니었다. 강 위를 짚고 날아다녔다.

'슈우우우우웅 ....!'

폭이 2.5m 안팎인 작은 강의 수면 위를 직선으로 달리는 셔월드, 그리고 그런 셔월드의 등에 샌드위치 바구니를 한팔에 낀 채 업혀서 오는 바람을 맞으며 야경을 바라보는 파리프나. 너무도 행복했다. 이 순간이 너무 행복해서 잊고 싶지 않고 ... 꼭 안은 상태로 영원히 간직하고 싶었다.

셔월과 함께 ...

셔월드는 강 사이드에 둥근 모양으로 쌓인 눈덩이를 밟고 앞으로 튀어 나갔다. 푸욱. 밟히는 좋은 소리가 났다. 파리프나는 그의 스치는 발자국 소리, 체온, 속도를 느꼈다.

'스윽'

파리프나는 팔을 뻗어 전나무 끝에 얹어있던 눈송이를 손으로 잡았다. 그리고 달리는 셔월드의 얼굴 앞으로 내밀었다.

"셔월 .. 이거 봐."

"아 ..."

"너는 태어나서 처음으로 보는 눈송이시. 가까이서 보면 훨씬 예뻐."

" ...... "

셔월드는 파리프나가 보여주는 눈앞에 있는 눈송이의 보석 같은 결정을 마이크로를 넘어 나노 단위까지 보일 만큼 깊고 아름다운 눈으로 바라보았다.
"아름다워.."
파리프나는 미소지었다.
"... 그치 ~"
그리고 눈송이를 손바닥 위에 올려 '호' 불었다. 그러자 눈송이 결정들이 공중으로 퍼져서 날아갔다.
"......"
셔월드는 파리프나를 힐끔 바라보았다. 그리고 이내 오로라가 펼쳐진 초록 빛깔의 하늘 위로 뛰어올랐다.
"어.. 어어어어....?"
'휘우우웅....!'
하늘 위였다. 오로라가 몸을 통과하는 것만 같았다.
"우아아아아......"
손에 닿을 것 같은 오로라를 바라보며 손을 앞뒤로 움직였다. 빛들이 꼬리를 흔들며 파리프나를 감쌌다.
"조금 더 갈까....?"
셔월드는 파리프나를 보더니 살짝 웃었다. 그리고 이내 엄청난 힘으로 하늘 위를 뚫고 올라갔다.
'쓰.. 우우우욱...!!!'
파리프나는 속도에 살짝 눈을 감았다. 잠시 후 안정된 속도가 느껴지자 다시 눈을 떴다.
"세상에...... 여기는..."

구름 위였다. 평소에 느낄 수 없었던, 체감할 수 없는 구름 위의 거대한 보름달 앞을 달리고 있었다.

"아 ... 아아 ..... 아름다워 ......"

파리프나는 보름달과 자신의 발아래 푸른 구름을 바라보았다.

"마음에 들어 ...?"

"너무 ..... 정말 너무 마음에 들어 ....."

셔월드의 붉은 입술이 움찔거리며 빙긋 미소 지었다.

"마음에 들었다니 기뻐 ..."

셔월과 함께.

파리프나와 함께.

두 사람은 앞에 펼쳐진 빛나는 달을 향해 날아갔다.

가장 아름다운 우리의 한순간을 기록하며.

달 위에 올라앉은 두 요정

12

셔월드와 파리프나

　셔월드는 죽었다. 수천 마리의 악마들과 함께. 루시퍼는 이 모든 상황을 지켜보았다. 하찮은 인간의 감정에 사용해서 안 되는 자신의 마지막 악의 재능까지 사용하게 된 악마. 더 이상 미련 둘 이유가 없었다. 어리석고 무모한 존재, 그런 존재가 지켜내려고 했던 지구... 루시퍼는 지구를 영원히 버렸다. 그리고 지옥이 갈라지는 분노를 뿜으며 어둠속으로 사라졌다.

1년 후

"짹짹!"
"삐약, 삐약"
카운티 마을에는 예전과 같이 따스한 바람이 불었으며 산기슭에서는 깨끗한 물이 흘렀다. 자연은 점차 예전처럼 안정을 찾아갔다.
"......."
그리고, 이곳을 떠나지 않은 채 셔월드를 기다리며 자리를 지키는 파리프나가 있었다. 1년 전 악마들로 인해 폐허가 되어버린 이곳 마을은 망가질 대로 망가져 버린 상태였다. 셔월드의 죽음을 알아버린 파리프나의 부모님은 매우 슬퍼하였다. 하지만 이곳에 있으면 언제 목숨을 잃을지도 모르기에 짐을 싸 파리프나와 함께 떠나려 하였다. 하지만 파리프나는 이곳을 떠나지 않겠다 하였고 셔월드와 함께 있었던 이 자리에서 영원히 있겠다고 부모님 두 사람을 향해서는 떠나라고 하였다. 딸을 설득하여 데려가려 했던 락소스와 서비는 파리프나의 마음이 얼마나 아픈지 이해하였고 결국 이곳에서 가족 모두 영원히 지내기로 했다. 파리프나는 꽃과 채소를 가꾸며 하루하루 눈물로 나날을 보냈다. 이제는 더 이상 없는, 셔월이 사라져버린 세상 속에서 .....
'탁, 탁.'
"......"
파리프나는 흙을 덮던 손을 털며 일어섰다. 어느새 1년이라는 세월 사이에 그 작았던 씨앗은 벌써 작은 나무가 되어 있었다. 파리프나는 파란 잎사귀,

흔들거리는 나무를 바라보며 슬픔이 가득 고인 눈으로 웃었다.
"…… 셔월이 …. 있었으면 이 나무를 함께 봤을 텐데 …"
셔월드와 함께 심었던 나무, 나무는 파리프나의 머릿속에서 셔월드와의 모든 추억을 떠올려 주었다. 너무 많은 기억들이 이곳에 묻어 있었다. 그와 함께 했던 모든 것은 마치 아직도 그가 옆에 있는 것처럼 그녀의 마음속에서 계속 살아 움직였다.
"…… 보고 싶어, 셔월."

'박 …..'
.
.
.
.
.
.
.
'자박 ….'
"…..??"
익숙한 인기척. 집으로 걸어가던 파리프나는 뒤를 돌아보았다.
"아 … 아아 ……."

순간 온몸이 굳었다. 입 밖으로 말이 나올 수 없었다. 내 눈앞에 ...
지금 나로부터 얼마 떨어지지 않은 내 눈앞에 셔윌이 작은 나무에 손을 올린 채 나를 바라보며 서 있었기 때문이다.

"하아 .. 아아 .... 아아아 ...."

그는 말없이 나를 바라보며 그리움으로 가득 찬 세상 무엇보다 따뜻한 미소를 지었다. 눈앞이 쉴 새 없이 흐르는 뜨거운 눈물로 가려져 주위가 온통 뿌옇게 보였다. 악마와 내 모든 걸 바꿔서라도 보고 싶었던 한 악마 ... 아니 한 남자. 그가 다시 내 앞에 ..... 지금 내 눈앞에 서 있었다. 눈물로 시야가 가려진 그 와중에도 그의 모습은 그 무엇보다 또렷하고 선명하게 내 눈을 적셨다.

'탁 .. 탁 .. 탁 ... 탁탁탁탁 .....'

뛰있다. 울음을 터뜨리며 그를 향해 뛰어갔고 그는 나를 향해 느리지만 세상에서 가장 빠른 걸음으로 달려와 끌어안고 공중으로 띄워 올렸다.

"으흑 ... 으흐흐흑 ..! 으허허허엉 ..!!!"

그의 목 깊숙이 얼굴을 파묻고 머리를 움켜쥔 채 나는 터져버린 눈물을 밖으로 쏟았다.

"셔윌 .. 셔윌 ..! 셔윌 ..!!"

"... 미안해 .. 미안해 ...... 너무 ... 늦게 돌아와서 너무 미안해."

셔윌드는 나의 몸을 단 1mm의 공간조차 허용하지 않고 자신의 몸에 깊숙이 끌어안았다. 한 손으로는 허리를 다른 한 손으로는 나의 머리를 움켜잡은 그는 귓가에서 흐끼며 쉴 새 없이 나의 이름만을 불렀다.

"파리프나 ... 파리프나 ... 파리프나 .... 나의 파리프나 ....."

나는 다시 그를 만났다. 그리고 우리의 눈부신 기억들은 다시 이어졌다. 헤어졌던 그 시점부터. 그렇게 우리는 서로를 놓지 않고 영원히 함께했다. 언제까지나 영원히 ... 행복하게 ......

에필로그

"셔월..."

"응...?"

"어떻게..... 다시 돌아올 수 있게 되었어..?"

그가 나를 바라보며 조용히 웃었다.

".... 자폭을 하면서 그들과 함께 내 몸은 남김없이 가루가 되어 버렸어. 정말로 남김없이... 나의 기억은 이승과 저승 사이 백색의 공간에서 떠다니며 있었지. 그렇게 오랜 시간을 있었던 것 같아.... 육체와 정신이 느껴왔던 고통이 이제 더 이상 느껴지지 않았고 남아있던 정신이 사라져 가는 와중에 빛 사이에서 무언가가 나를 안아 올렸어. 그러며 그것은 나에게 속삭였지. 이제.... 괜찮으니 눈을 뜨라고, 나의 모든 것은 이제 사라졌으니 그만 눈을 떠도 된다고.... 하얀 빛은 나와 나의 모든 주위를 감싸 안았고 그 사이에서 나는 눈을 떴어."

"아.. 아아..."

나는 그를 바라보며 입을 닫을 수 없었다.

"..... 악마는 눈물을 흘리지 못해. 악마는 사랑을 느낄 수 없어. 오직 가득 들어찬 악함으로 주위를 더럽히며 자폭할 수만 있지. 그런데 나는 더 이상 자폭할 수 없어. 그리고...... 이제 인간의 눈물을 흘리며 사랑을 느낄 수 있어."

환한 웃음. 처음으로 온 대지를 적셔버리는 환한 미소를 셔월이 지었다. 그에게서 뿜어져 나오는 눈부신 아름다움은 나의 모든 것을 휘감아 버렸다. 나는 그를 바라보며 그의 모든 순간, 모든 기억들을 전부 남김없이 나에게로 담았다. 그가 천천히 부드럽게 나의 허리를 끌어안고 눈을 맞추며 속삭였다.
"파리프나..... 나의 사랑 파리프나...... 영원히 사랑해."
그의 말에 나는 붉어진 얼굴로 그를 바라보며 이번에는 내가 그의 얼굴을 양손으로 껴안고 천천히 그리고 낮게 속삭였다.

"사랑해... 사랑해.... 사랑해..... 천사...... 나의 천사, 나의 셔월드...."

먼 길을 돌아 그대에게 다시 ...

마지막 에필로그

황혼의 빛을 받아 세상에서 가장 아름답게 빛나며...

파리프나와 함께 카운티 마을에서 살아가는 셔월드는 이제 이곳 세계에 완전히 적응한 채 살아가고 있다. 파리프나는 어느덧 스무 살, 대학교 1학년이 되었다. 그리고... 셔월드는 그녀와 함께 대학교에 입학하여 같이 학교를 다니며 공부를 하였다. 또한 셔월드는 파리프나와 함께 락소스의 농사 일을 도와 배우고 있었다.
"이걸로 오늘 농사 끝이야."
"와~! 셔월이 도와주니까 그 많던 일이 순삭이네!"
부끄....
셔월드는 뒤통수를 잡으며 얼굴을 붉혔다.
"우리 셔월이가 일하기 시작하면서부터 일이 열 배는 더 빨리 끝났어~"
락소스와 서비가 나오며 말했다.

"정말 수고가 많구나~ 자 여기 화채 먹어가며 해라!"
"와! 맛있겠다~!!"
"감사합니다. 어머니, 아버지."
"어머? 호호호~! 셔월이가 그렇게 불러주니까 너무 좋네! 진짜 가족같다~~"
"그러게 말이오~ 앞으로 쭉 이렇게 같이 살자꾸나~"

"네, 그럴게요."

부모님은 화채를 먹는 셔월드와 파리프나를 보고 흐뭇하게 웃었다.

"셔월, 우리 일도 다 끝났는데 어디 안 가?"

"어디 가고 싶은데 있 ... 아 ...... 거기 갈까 ..?"

.
.
.
.
.
.
.
.
.
.

'휘 .... 우우우웅 ...!!!'

초원 위 갈대가 흔들리는 소리. 바람결에 따라 수많은 나뭇잎들의 움직임. 천천히 황혼이 되어가는 태양의 모습 ... 그 가운데 소녀를 업은 채 달리는 한 소년.

"셔월 ... 너무 아름다워 ..."

"마음에 들었다니 다행인걸 ....?"

"응 ..... 너무 좋아, 너무 행복해 .... 지금."

셔월드는 고개를 돌려 자신의 뒤에 업힌 그녀를 보며 웃었다.

"......."

그러더니 그녀를 향해 몸을 뒤집었다.

"앗...."

속도에 따라 살랑거리며 휘날리는 머리카락, 태양 빛에 반사된 세상 그 무엇보다 아름다운 색의 눈동자. 지구가 끝나는 순간까지도... 그리고 그 이후에도 어떠한 사랑이라 할지라도 대체할 수 없는 애틋한 사랑을 품은 미소로 그가 파리프나를 향해 바라보았다. 당황한 파리프나는 눈동자가 커졌다.

"... 내가 갖고있는 그 모든 사랑은 전부 네가 준거야."

"아아아 ...."

"너로 온통 물들어있는 나의 모든 순간은 오로지 너만의 것이야... 존재해서 행복해.... 존재하게 해줘서... 만날 수 있게 태어나줘서 고마워, 파리프나...."

셔월드는 그대로 자신의 위에 있는 파리프나를 안았다.

"아... 아.... 셔월....."

파리프나는 자신을 안고, 자신의 목덜미에 얼굴을 품은 셔월드를 미소지으며 안았다. 빠른 속도로 날아가는데도 그 속도가 느껴지지 않았다.

노을이 지는 하늘이 두 사람을 감싸 안았다.

"다 왔다."

셔월드는 파리프나를 천천히 등에서 내린 뒤 그녀를 자신의 앞으로 세워 안았다.

"와......"

동산이었다. 그리고 그녀의 눈앞에 붉게 물든 하늘 위로 아름다운 오로라가 펼쳐져 있었다.

"예전에 다시 오겠다고 했잖아....."

셔월드는 파리프나를 내려다보며 그녀의 얼굴을 손끝으로 천천히 쓰다듬으며 말했다.

"아.... 맞아... 그 약속 지금 지킨거야.....?"

'끄덕'

셔월드가 미소지으며 고개를 끄덕였다.

"기뻐... 정말 너무 기뻐......"

파리프나는 아름다운 황혼의 오로라를 바라보았다. 그리고 손을 올려 셔월드의 얼굴을 쓰담으며 그를 올려다보았다.

"......"

"......"

'솨아아아아아..'

황혼에 데워진 따뜻한 바람이 불어왔다. 셔월드가 파리프나의 눈을 바라보며 말했다.

"파리프나..... 앞으로 모든 세월을 영원히 너와 함께 할게..... 사랑하고 또 사랑해........"

눈에서 반짝이는 보석 빛을 띤 채로 셔월드가 말했다. 그리고 그런 셔월드를 파리프나는 바라보았다. 그리고 말했다.

"언제까지나 네 곁에서 널 사랑할게, 사랑해…. 사랑해….. 너무 많이 사랑해…. 나의……… 셔월드."

황혼의 빛을 받아 세상에서 가장 아름답게 빛나며 ...

외전

케익

"셔월 나왔어 ~"

".....?!"

벌떡!

거실 소파에 앉아있던 셔월드는 현관문을 열고 파리프나가 들어오자 바로 벌떡 일어나 그녀를 향해 고개를 돌렸다.

"오래 기다렸어 ~?"

파리프나는 자신 앞으로 다가온 셔월드의 얼굴을 허리를 숙여 올려다보며 말했다.

'도리도리'

셔월드는 그녀의 얼굴이 가까워지자 눈도 깜박이지 못한 채 천천히 고개를 저었다. 파리프나는 셔월드의 이런 모습이 너무 좋았다. 자신이 돌아오기만을 기다리며 매 순간 자신만 바라보는 그런 해바라기 같은 모습이 너무 좋았다.

"그럼, 셔월... 우리 케익 만들까?"

"케익...?"

"응! 방금 마트 가서 시럽하고 베이킹파우더, 생크림과 과일, 초콜릿을 사왔거든!"

"아... 근데 케잌이 뭐야....?"

"아주~ 달고 맛있는 거."

"...?"

"셔월, 반죽에 물 더 넣어줘."

파리프나와 셔월드는 앞치마를 입고 케잌 반죽을 시작했다.

"이만큼?"

"응!"

셔월드가 반죽을 젓는 동안 파리프나는 생크림을 만들었다.

"셔월, 어때? 나 잘하지?!"

파리프나는 생크림을 맷돌 돌리듯 마구 저으며 말했다. 셔월드는 그 모습을 보고 조용히 웃어대며 고개를 끄덕였다.

"어쭈? 이거 생각보다 어렵거든~ 한번 해 봐."

파리프나는 셔월드한테 생크림 거품기와 생크림이 담긴 볼을 넘겨줬다.

'슥슥... 슥'

셔월드는 엉성한 손놀림으로 거품기를 휘적휘적 저었다.

"까르르르~! 어때 어렵지?"

셔월드는 파리프나를 살짝 쳐다본 뒤 거품기를 마구 저었다. 그러는 바람에 생크림이 사방팔방 튀어나갔다.

"꺄하하~!! 셔월! 셔월! 튀지않게 좀만 천천히, 천천히"

'파바바바박..!'
하지만 셔월드는 그녀의 말을 듣지 않고 신난 듯 마구마구 저어대며 파리프나 얼굴 앞으로 다가갔다.
"으아아악~! 셔..! 셔월, 웁! 얼굴...!!"
파리프나는 지지않고 옆에 베이킹파우더 봉지에서 파우더를 꺼내 손에 쥐고 셔월드한테 뿌렸다.
"얍! 얍! 어떠냐~! 셔월, 나의 밀가루 맛이!"
"하하하...!"
셔월드는 웃으며 볼을 내려놓고 파리프나의 얼굴에 묻은 생크림을 손으로 닦아줬다.
"까르르~ 셔월, 나는 네가 가끔 이렇게 장난칠 때가 너무 좋아~ 넌 애가 평상시에는 가만히 있다가 갑자기 급발진해서 장난친다니까? 저번에 마구간 청소할 때도 그렇고 말이야~ 너 사실 그동안 다 콘셉트였지? 말해봐, 사실 나쁜 남자인 척 말없이 무게 잡다가 이런 식으로 한 번씩 훅 들어오는 걸로 반전 매력 부각시키려는 큰 그림이었던 거지? 알고 보면 우리 셔월 오렌지카운티 마을 제일가는 선수아냐~?"
파리프나는 셔월드의 옆구리를 간지럽히며 놀려댔고 셔월드는 그녀의 말에 말없이 길고 풍성한 속눈썹을 아래로 깐 채 해실해실 웃었다.
"자, 이렇게 완성된 스폰지는 오븐에 넣어놓고... 셔월! 우리 케잌 스폰지 부풀 때까지 여기 있는 데코레이션용 초콜릿 좀 먹자. 아~ 해 봐."
파리프나는 케잌에 사용될 초콜릿 중 꽃잎 모양 초콜릿을 집어들어 셔월드의 입에 넣어주었다.
'쏙~'

"아...."

파리프나의 손이 셔월드의 차가운 입술에 닿자 그는 움찔하였다. 살짝 스치듯 입술 표면에 닿았을 뿐인데 단지 그것뿐인데 ... 파리프나의 손끝의 온기가 셔월드의 온몸을 쓸고 지나간 것처럼 깊고 선명하게만 느껴졌다. 또 시작되었다. 셔월드는 그녀에게서 시선을 거둘 수 없었다. 끝이 보이지 않는 암흑으로 가득 찬 온 우주를 환히 덮을 수 있는 환한 빛을 뿜는 단 하나의 존재 파리프나. 너무 아름다워 바라보는 것만으로도 과분한 존재. 감히 다가설 수조차, 앞에서 마주할 수조차 없는 그런 존재 ... 그리고 그 순간, 셔월드는 그녀와 함께 있는 자신에게서 괴리감을 느꼈다.

"월....... 셔월 ....?"

"이 ....."

셔월드는 파리프나가 부르는 소리에 정신을 차리고 그녀를 바라보았다.

"무슨 생각을 또 그렇게 하고 있어~? 불러도 말이 없고, 응~?"

파리프나가 얼굴을 들이밀며 장난치듯 물었다.

"아 ... 아니, 그냥 음 .... 아 ....?"

셔월드는 병아리 모양 초콜릿을 집어 파리프나의 입안에 쏙 넣어줬다.

"답례 ..."

"아 ...."

파리프나는 자신의 입안에 초콜릿을 넣고 답례라 말하며 눈을 아래로 피하는 셔월드의 모습에 얼굴이 빨개졌다.

"역시 ... 셔월, 너 선수야 ......"

'띵~'

그때 오븐이 멈추는 소리가 들렸다.

"앗 ...! 다 됐나 봐 ~!"

파리프나는 후다닥 뛰어가 오븐을 열고 케잌 스펀지를 꺼냈다.

"와아아 ..."

셔윌드와 파리프나는 예쁜 모양으로 구워진 스펀지를 보며 좋아했다.

"우리 처음 케잌 만들어서 성공한 거야 ~~! 완전 좋아! 여기에 생크림만 바르고 초콜릿만 올리면 돼. 참! 우리 초콜릿과 화이트로 반 반씩 해볼까?"

"초콜릿과 화이트 ....?"

"응 ~ 2 단 케잌 중 1 단은 초콜릿, 2 단은 화이트, 어때! 괜찮지?!"

"응!"

"그럼 시작한다!"

파리프나는 생크림 비닐에 생크림을 넣고 스펀지 위에 푸짐하게 뿌렸다. 파리프나가 생크림을 뿌리자 셔윌드는 케잌 칼로 스펀지 위에 넓게 펴발랐다.

'쓱싹쓱싹'

파리프나가 생크림을 좀 많이 뿌렸는지 셔윌드가 생크림을 다 펴 발랐는데도 크림이 스펀지 밖으로 이곳저곳 삐죽삐죽 튀어나왔다.

하지만 정작 본인은 만족스러워했다.

"와 ~ 셔윌, 너도 제법 하는데? 그럼 이제 초콜릿과 과일을 얹자!"

셔윌드는 초콜릿을 한 움큼 움켜쥐고 밭에 씨 뿌리듯 생크림 위에 뿌렸다.

"어맛 ..! 셔윌, 초콜릿 너무 많아 ~"

파리프나는 셔윌드가 뿌린 초콜릿을 조금 회수해서 1 단의 스펀지 라운딩을 장식했다.

"이렇게 하니까 좀 괜찮지!"

"응"

파리프나와 셔월드는 신이 나서 본인들만의 창작물을 만들어 갔다.

30분 뒤

"와~~~ 아아아! 완성이다!!"
셔월드와 파리프나는 완성된 2단 생크림 초코 케익을 보고 너무 기뻐했다.
"셔월! 하이파이브!!"
파리프나가 양손을 들어 올리며 말했다.
"하이파..... 뭐..?"
"아, 양손 들어봐"
"이렇게...?"
"이얍!"
'짝짝짝짝짝~!!'
파리프나는 셔월드의 양손을 자신의 손바닥으로 쳐댔다.
"하하하하~"
셔월드는 그런 파리프나의 모습을 보고 웃음을 터뜨렸다. 그리곤 이번에는 자신이 양손으로 파리프나의 손바닥을 쳐댔다.
"히히힛..."
"후훗..."
두 사람은 서로를 마주 보며 웃었다.
"참! 셔월, 우리 만든 거 사진 한 번 찍고 엄마, 아빠한테도 보여주자!"

파리프나는 휴대폰을 열고 카메라를 켰다. 그리고 셀카봉 지지대에 꽂은 뒤 뛰어왔다.

"자! 셔월~ 저기 이제 5초 후에 사진 찍힐 거거든. 이거 들고 찍자."
두 사람은 만든 케잌을 들었다.
"저기 보고, 하나, 둘, 셋!"
'찰칵!'
영원히 추억으로 남을 사진 한 장이 찍혔다.
"와~ 잘 찍혔다! 봐봐."
셔월드는 아름다운 푸른색 눈으로 사진을 바라보았다.
"이제 엄마, 아빠한테 보여주자."
파리프나는 영상통화 버튼을 눌렀다.
"짠~~! 셔월하고 나랑 둘이 만든 거다. 어때?! 예쁘게 만들었지~"
'어머? 2단 케잌이야?? 정말 잘 만들었구나~!'
셔월드는 파리프나가 영상통화를 켜자 화면 쪽으로 얼굴을 내밀었다.
"우리 셔월하고 파리프나, 둘이 파티쉐 해도 되겠는데~?"
서비와 락소스는 웃으며 좋아했다.
"얼른 들어와! 방금 만들어서 지금 먹으면 최고야~ 기다릴게~!"
"지금 날아가마."
파리프나는 영상통화를 끊었다.
"엄마, 아빠 금방 온 데~ 우리가 잘 만들었다고 엄청 좋아하시네 헤헤~!"
".... 나도 좋아"
셔월드는 파리프나를 바라보며 웃었다.
"어라? 셔월... 너, 오늘 얼굴빛이 조금 좋아진 것 같아...? 평상시에는 너

무 창백했었는데 지금 너 보면 얼굴에 홍조가 있어?"
파리프나는 신기한 듯 그의 얼굴에 손을 가져다댔다.
"아……"
따뜻했다. 항상 차갑기만 했던 셔월드의 피부에서 조금씩 온기가 느껴졌다.
"파…… 파리프나………"
셔월이 그녀의 이름을 처음으로 불렀다.
"진짜 신기하네…? 홍조뿐만 아니라 이젠 따뜻하기까지 해."
"아아…"
셔월드가 파리프나의 얼굴로 손을 가져다 댔다. 파리프나는 신기해서 셔월드를 바라보다 셔월드의 커다란 손이 자신의 얼굴에 닿자 가슴이 뛰었다.
'두근두근…'
그때.

"엄마, 아빠왔다~~"
락소스와 서비가 문을 열고 들어왔다.
"어.. 엄마, 아빠..?!"
파리프나와 셔월드는 깜짝 놀라 부모님을 쳐다보았다.
"이 아빠가 날아간댔지! 바람처럼 날아왔단다."
"엄마는 모처럼 우리 딸이 셔월하고 케익을 만들었다길래 오면서 아빠하고 같이 꽃을 사왔단다~ 이쁘지!"
서비는 국화, 목련, 장미, 수선화 등 여러 종류의 꽃을 보여주며 말했다.
"어… 너무 예쁘다~"
파리프나와 셔월드는 서로를 바라본 뒤 다가가서 꽃을 받았다.

"어? 근데 호시는 왜 들어와 있어?"

파리프나는 부모님과 함께 집에 들어와 있는 호시를 보며 말했다.

"들어오는데 호시 녀석이 보여서 오랜만에 같이 식사하려고 데리고 들어왔다~ 예전에 이 녀석 어렸을 때 집에서 파리프나 네가 밥 먹였던 거 생각나지~?"

"응~ 당연히 기억나지!"

호시를 포함한 온 가족이 모인 식사 시간이었다.

"잘 먹겠습니다~!"

파리프나와 셔월드, 그리고 엄마와 아빠, 호시가 식탁에 둘러앉았다.

"셔월드하고 파리프나, 너희 둘이 만들었으니 둘이 같이 케익 썰어보렴~"

"응!"

셔월드와 파리프나는 서로 한 손씩 칼을 붙잡고 2단 케익을 썰었다.

"와아아...!"

서비와 락소스는 휘파람을 불었다.

"와? 맛도 좋은데?"

"정말 맛있다??"

맛있었다. 락소스와 서비 모두 셔월드와 파리프나 두 사람의 작품을 칭찬했다. 셔월드도 처음으로 먹어본 케익의 맛이 너무 좋았다. 설탕 시럽에 적셔진 과일과 초콜릿은 달았으며 생크림이 감싸 안은 두꺼운 스폰지는 입안에 들어가자 사르르 녹아내렸다.

"셔월! 우리 완전 성공한 것 같아, 맛있지~!"

"응 ... 너무 맛있어."

"너 진짜 케익 처음 먹어봐?"

"어 ...? 응 ..."

"풋! 우리 셔월은 처음 해보는 것도 참 많은 것 같아 ~"

"그 .. 그런가 ......"

셔월드는 파리프나의 말에 입가에 미소가 돌았다. 행복했다. 그녀와 함께 케익을 만들고 사진 찍고, 서로를 바라보며 웃고 꽃이란 것을 선물 받고 '가족'끼리 모여앉아 함께 케익을 먹는 지금 이 순간이 너무도 행복했다. 셔월드는 다시 한 번 이 순간이 멈추는 것을 느꼈다. 숲에서 처음 그녀를 보았을 때와 같았다.

.... 단 케익이 더욱 달고 따뜻하게 느껴졌다.